魔法の言葉

Mell Andre Fill Grache de Mellfine Atnare

山中規至

Noriyuki Yamanaka

文芸社

魔法の言葉――目次――

プロローグ

メル・アンドレ・フィル・グラーチェ・
　ド・メルフィン・アトナーレ……。
それは愛の言葉。
　二人を愛で結ぶ、魔法の言葉である……。

漆黒の闇の中に、二人の人間が姿を紛れ込ませていた。彼らは足音を忍ばせて、息を殺し、闇の中に完全に溶け込むように気配を殺していた。彼らは慎重に、かつ素早く行動を続けていた。フック付きのロープを投げて、高い壁の上方部に引っ掛け、闇の中の二人はそのロープを伝って壁を乗り越えた。そして壁の向こう側、館の庭に降り立つと、改めて人の気配を探り、誰もいないことを確認すると建物へと足を進めていった。

深夜、周囲は静寂で包まれていた。夜になって活動を始めるふくろうの鳴き声も聞こえてはこない。野犬や野良猫の鳴き声も今夜は聞こえてはこなかった。それがこの闇の訪問者にとっては不都合ではあったが、彼らはこの仕事のプロだった。素早い行動でありながら、物音一つたてはしない。そして気配さえも完全に消していた。そんな彼らの存在に、深い眠りに入っている館の主人は気づくはずもなかった。

　ふたりは仕事道具の一つである針金のピンを駆使して扉の鍵を開けた。そして建物の裏口から侵入した二人は真っ直ぐ館の主人の寝室を目指した。闇の訪問者の目的は宝物庫ではなかった。なぜなら、彼らは盗賊ではないからだ。彼らは闇の中で宝物を奪う盗賊ではなく、闇の中で人の命を奪う……プロの暗殺者であったのだ。彼らにとってかけがえのないタカラモノは、館の二階の一室の寝台で眠っている。館の構造などは、前もって調査済みであった。二人は難なく二階の寝室までたどり着き、そして扉を静かに開けた。幸い扉は音もたてずに開いていく。その部屋の中には、館の主人の寝息が響いていた。何も知らずに寝台に横になっている主人を見て、彼らはほくそ笑んでいた。……いや、正確には笑みをこぼしていたのはそのうち一人だった。もう一人の表情は固く、緊張の色が浮かんでいる。心臓は早く高く鼓動していた。生唾をごくりと飲みこむその音が、相手に聞こえてしまうのではないかと思ってしまうほど緊張は強く、そして周囲は静寂だった。額にはひんやりと汗が浮かび、懐から取り出していた短剣を持つ手にも汗が滲んでいた。この者にとって、今回の暗殺が初仕事であった。だからといって失敗が許されるはずはない。この新米の監視役として、ベテランの男が今回付き添っていたのであった。監視役の男が新米の肩に手を置いた。新米はハッとなって振り返り男の顔を見た。男の口は笑っていた……。しかしその目は、次の行動を促すかのように厳しいものだった。新米暗殺者は小さくうなずき、視線を寝台の上に向けた。新米はギラギラと殺気立っているが、館の主人は熟睡しており、まったくそれに気づいていない。一歩、また一歩と寝台に近づいていく。胸は激しく脈動していた。新米暗殺者は高鳴る胸の鼓動を必死に抑えようと胸に手を当てた。

短剣を持った貧弱な腕が、ガクガクと震えていた。寝台に近づいた新米暗殺者は一度振り返った。監視役の男が睨むような視線を向けてくる。早くやれ……、という命令が直接頭脳に伝わってくるような気がした。新米暗殺者は短剣を振り上げた。寝台上の男の右胸に狙いを定める。だが、なかなか手が下せなかった。自身の中で激しい葛藤があったのだ。早く殺さなくてはと使命感が心の中で疼き、そして人間としての慈悲の心がその使命感を鈍らせていた。寝台の上の男の胸は、呼吸で静かに上下している。自分が剣を振り下ろせば、それはピクリとも動かなくなるのだ。それは自分に課された使命を果たすことになるが、いざとなると恐ろしくてたまらなかった。でも、時間はかけられない。館の主人が目を覚ましてしまえば厄介なことになる。背後からは監視役の男が無言の圧力をかけてきている。自分の心の中の使命感が、短剣を振り下ろせ、とせかしている。新米暗殺者の顔が苦悶に歪んだ。その時だった。寝台上の主人がハッとなって目を開いた。殺気を感じて、とうとう目を覚ましてしまったのだ。館の主人は目の前に見知らぬ人物がいることに一瞬理解できなかったが、その手に短剣が握られているのに驚き、恐怖した。主人は大声で叫ぼうとした。その瞬間になって、新米暗殺者は意を決して短剣を振り下ろした。そして刃は鈍い音を立てて男の胸に突き刺さった。

「うぐっ！」

男は苦痛の絶叫を上げようとした。だが、新米暗殺者は声を抑えようと自らの手で主人の口をふさいだ。悲鳴を上げられては館中にいる全ての者に気づかれてしまうからだ。だが主人は逃れようと必死だった。口をふさいでいる手に噛み付き、血が滲む。新米暗殺者は焦った。短剣を一度抜き、再び胸に突き刺した。

「ううっ！」

主人はうめき声を上げていたが、今度は監視役の男の手によって口をふさがれていた。

「早くやれ……！　とどめをさせ……！」

監視役の男が新米暗殺者に鋭い視線を向けて言った。新米暗殺者の頭の中は混乱に陥っていた。もはや、冷静ではいられなかった。顔は紅潮し、汗が噴き出すように流れている。その汗に混じって、涙も流れ出ていた。短剣を抜き、突き刺す。再び抜き、また突き刺す。まさに夢中になって、何度も何度も短剣を振り下ろしては獲物の胸に突き刺していたのだ。獲物は胸部からおびただしい量の血を噴き出して真っ赤に染まっている。ピクリピクリと全身を痙攣させていたが、それもそのうちに止まった。男の息の根が止まったのだ。もはやただの肉塊になった寝台上の男は、短剣の刃を受けても何の反応を示さなくなっていた。だが新米暗殺者は獲物の男が死んだことに気づかずに短剣を刺し続けていた。その手を監視役の暗殺者が止めた。

「もういい……。死んでいる……」

新米暗殺者は手を止められて我に返り、ハッと息を呑んだ。短剣を落とし、両手で顔を覆った。無我夢中だった。目の前には変わり果てた姿の館の主人が横たわっている。……これを自分がやったのだ。

恐怖が……、そして深い嫌悪感が新米暗殺者を包んだ。自分がやったという事が半ば信じられず、現実を打ち払うように首を振り続けた。しかし、手にべっとりとついた血が自分が殺人者である事を証明していた。真っ赤な返り血は顔にも飛び、口元も赤く染まっていた。そんな絶望感に打ちひしがれている新米暗殺者を見て、監視役の男はにやりとほくそ笑んだ。そして、これ以上に面白いものはないとでもいっているような、満面の笑みになった。

「よくやった……。これでおまえも立派な暗殺者だぞ……」

男は短剣を拾い、新米の手を引いて部屋を出ていった。新米暗殺者にはまるで意思感情がないかのように呆然としており、その脳裏にはただ「お前は暗殺者だ」という今の監視役の男の言葉が繰り返し繰り返し響いているのであった。

I 出会い

街は喧騒にあった。数々の露店が並ぶ広場は多くの人でぎっしりと埋め尽くされていた。野菜、肉、果物、様々な品が店頭に並び、店の主人が威勢のいい声を高々と上げている。その声につられて客たちは露店の前に列さえつくり、夕飯の食材にと購入している。この広場では客引きの声が上がったり、値踏みの声が響いていたりと騒がしい。真剣になって買い物をしている婦人の脇では小さな子供達が駆け回って暇をつぶしている。露店の奥では裏方の者達が品物の仕分けや片づけなどでせわしなく動いている。この盛況ぶりはこの街、ナリティィス王国の王都バーハラが豊かであるということの何よりの証明であった。

これは今年、ナリティィス王国が例年を大幅に上回っている収穫をあげているからだけではない。この春に、二十歳《はたち》になるナリティィス王国の皇太子が結婚されることが正式に決定されて、国民は大いに喜んでいたのだ。ナリティィス王国では国民の王家に対する信頼と忠誠は厚い。それには、今では伝説となっている約千年前の戦争が大きな影響を及ぼしているのだ。

約千年もの昔に、神魔大戦と呼ばれる神々の戦いがあった。地上を暗黒の世界に変えてしまおうと暴れ出した闇（死）を司る暗黒神ファフニールと、それを阻止しようと立ち上がった光（正義）の神、龍神ナーガ（龍を統《す》べ、龍の姿をしていることから龍神と呼ばれる）の戦いであった。この地上界を舞台に激しい戦いを繰り広げたのだ。死闘の末、龍神ナーガが見事暗黒神ファフニールを滅ぼして勝利を手にして、世界に平和が訪れたのだった。その後ナーガは人間の女との間に子供を儲け、地上界に国を興したのだ。この王国がナリティィス王国であり、龍神ナーガの子孫がこの国の王家であるのだ。

ナリティス王国はナーガ教を国教とした厳格な宗教国家であり、「神聖王国」とも呼ばれている。国民のほとんどが龍神ナーガを崇拝し、その教義に基づいた生活を送っている。ナリティス王国の王族は、龍神ナーガの血族であることが、国民の王家に対する忠誠の深さに反映しているのである。

次代の国王になるジョゼフ王子の結婚は、国民にとっても大きな祝いごとである。婚礼の儀式はまだ半月も先ではあるが、早くも街ではお祭り騒ぎになっていて、流通も盛んになっている。この街の盛況ぶりは、まさに国民の喜びの心をそのまま反映しているのであった。町の一角では酒盛りをしている人々の姿も見うけられる。彼らは「皇太子万歳！」などと威勢のいい声を上げて祝杯を挙げている。この王都バーハラを包んでいる陽気さは、他国との国家同士の争いも絶えている現在のナリティス王国の平和ぶりを象徴しているのであった。

喧騒の広場や商店街から少し離れた街路に、一人歩く青年の姿があった。がっくりと肩を落とし、うつむき加減に歩いているその男が醸し出している雰囲気は、バーハラの陽気さにまったく溶け込まないものだった。溶け込むどころか、この男は街の陽気さに腹を立てていた。能天気そうに喜んでいる人々を憎々しげに眺めながら、青年は歩を進めていた。この青年は今年で二十歳になる。ナリティス王国の王子ジョゼフと同い年である。名はバラン・ラルティーグ。貴族の家の次男であり、今は騎士見習いとして騎士学院に通っている。騎士学院とは、騎士を目指す若者に、騎士として必要な知識や、武術を教えるナリティス王国特有の教育施設である。普通、騎士になるのにこのような施設など必要はない。騎士であるにもかかわらず非識字者が、世界的に見ても多いのだ。騎士学院は、龍神ナーガやナリティス国民に恥じない立派な騎士を育成する目的で、十五代国王フォレスが設立したものである。バランは人一倍国を愛し、王家を尊敬し、国家に仕えるべき騎士に憧れている。その騎士になるために数年間騎士学院に通って鍛練の日々を送っているのだ。

そんなバランにとって、王子ジョゼフの婚約はこのうえない喜びだった。その妃となるべきお相手が、龍神ナーガの神殿に勤める巫女《みこ》で、獰猛な獣をも和ませてしまうほどの美貌と、清らかな心を持った女性であると評判が高い。彼女の名はケオファという。ケオファの存在は、王子との婚約以前から国中の人々に知られていた。その美貌と高潔さはナーガの信者だけではなく、全ての男や女達の憧れの的であるのだ。無論美貌だけではなく、巫女としての能力も傑出したものを持っている。現ナーガ神殿の最高権力者である司教マルクや、次期司教とも噂される大司祭ジェフメルが脱帽するほどの強力な魔力を持っていると噂される巫女でもあるのだ。だが彼女は王子ジョゼフと出会い、彼に見初められて巫女という身分を捨て、皇太子妃になることを選んだ。実はナリティスの王となる者の妃には、ナーガの神殿に仕える巫女から選出されるというのが伝統となっているのだ。それは聖王国の建国時代、つまり千年も昔から続けられていることである。ナリティスの王家は龍神ナーガの血族、つまり神の子孫であるのだ。その血を汚さないような妻を娶《めと》るという意向で、建国から数代目の国王までは同じ血を引く姉妹や、血の近い親戚の女性を妻に娶っていた。だが奇形児が生まれるなどして国家を悩ませることになったのでそれは廃止された。それ以降、ナーガ神に仕える神聖で高貴な女性を妻に迎えるようになったのだ。もちろんそれには厳しい審査が行われる。出生から個人能力や性格まで、また信仰心の深さや親戚関係など、細かい部分まで調べられたうえで選出されるのである。この形態が重用《ちょうよう》され、千年近く続けられてきた。こうした伝統も古い歴史を持つ「千年王国（ミレニアム）」であるナリティス王国が、「神聖王国」と呼ばれる所以の一つであるのだ。

ジョゼフ王子との婚約が決まったケオファは、騎士見習いである青年バランにとっても憧れの存在であった。ケオファはバランのごとき身分の男が、妻に娶れるどころか指先一つ触れられるような存在ではないのだが、彼女に憧れる男の一人として、彼女が別の男の元へ嫁にいくことはやはりいささか嫉妬で心苦しいものがある。しかし、結婚相手は王国の王子。騎士見習いという立場ながらも忠誠を誓っている王家の人間だ。聖女と名高いケオファにとってこれほどふさわしい結婚相手があるものか。バラン自身もそう思っている。きっと国民のほとんどの者もそう思っているに違いない。それに、バラン自身ケオファに対する憧れよりも、王家に対しての尊敬、忠誠心のほうが大きいのが事実だ。心の内には嫉妬心があるのも事実だったが、王子とケオファの結婚はバランにとっても大きな喜びなのである。二人の婚約発表があって、いつものバランであるならば街の人々と一緒に祝い酒を飲んで、二人を祝福していたであろう。だが、今日のバランはとてもそんな気になれなかった。なぜなら今日、バランにとって最悪の出来事が起きてしまっていたからだ。この日は、年に二度ある騎士叙勲の発表の日。先日行われた騎士叙任試験の結果が発表されたのである。バランは毎日学院で学問に励み、騎士としての教養を身につけて筆記試験を頑張った。そして、馬上槍試合や剣術試験も十分な手応えがあった。騎士の適性試験にも自信があった。……だが、不運にも結果は落選。バランは騎士になることができなかったのである。……なぜだ？　バランは合格結果が張り出されている掲示板を見たときからずっと自問を続けてきた。全ての試験に自信があったのだが、合格することができず悔しくて仕方がなかった。自分に何か落ち度があったのか、足りないものでもあったというのか。バランは繰り返し考えてみたが、落ち度など思い当たることは何一つなかった。自分では完璧の出来であったと思っているのだ。バランは悔しかった。無念だった。そして、悲しかった。騎士叙任試験に落ちたのは今度で五回目だ。もう二年半も騎士になるチャンスを逃してきた。同期の友人の中で早い者は、もう二年も前に騎士の叙勲を受け、今ではナリティスの神龍騎士団に所属している。そんな友人がとても羨ましく思えた。試験に落ちて、改めてその友人の顔が脳裏に浮かんだ。自分の不甲斐なさに腹が立ち、バランは足元に落ちていた小石を蹴り飛ばした。すると不運なことに小石はたまたま通りかかった野良犬に命中して、バランはつい先ほどまで追いかけられていたのだ。不幸の連続。バランはがっくりとうなだれていた。今は王子の婚約の祝杯を挙げる気などにとてもなれない。祝杯ではなく、やけ酒を浴びるほど飲みたい、とバランは思っていた。その時、背後から呼び止める声が聞こえてきた。振り向くと、一人の男が駆け寄ってくる。バランの友人、ゴムス・ランバートであった。彼は同じ騎士学院に通う仲間だ。年齢はバランより二つ下で、学院では後輩となるのだが、彼にとってゴムスは無二の親友であるのだ。ゴムスはバランの元まで駆け寄ってくると乱れた息を整える。それからバランと向き合うのだが、その表情は意味ありげに明るい。その明るさが、今のバランにとっていまいましく感じられた。

「バラン。どうだったんだ？　試験の結果は？」

ゴムスの態度はどうもしらじらしく感じられた。結果を知っていてわざと聞いてくるかのようだった。ゴムスはそういうこともやりかねない奴なのだ。実際、以前に試験に落ちた時はそうだった。落選を教えたとたん、ゴムスは笑って馬鹿にしてきた。そういうところはすごく嫌味な奴なのだ。今回ゴムスも試験を受けている。同じ掲示板を見ているのだから、バランの試験結果を知っている可能性は高い。

「……お前知っているくせに……。……駄目だったよ。また落ちた」

バランはそっぽを向いて答えた。……どうせまた馬鹿にするに違いない。そう思っていたがゴムスは何も言わない。チラッとゴムスを横目で見ると、驚いたことに彼は落胆した表情を浮かべていたのだ。

「そうか……。残念だったな……」

ゴムスはうつむいて暗い顔をしている。彼がこういう顔を見せることは滅多にない。いつも能天気な奴だからだ。珍しく自分に同情しているのか、とバランは唖然としていたが、ゴムスは突然「ププッ！」と吹き出した。

「なーんちゃって！」

ゴムスは急に笑顔になって、ベロベロバーをしている。バランは怒るより、呆れて何も反論する気になれなかった。ハアーッ、と自然とため息が出る。

「どうしたんだ？　怒らないのか？」

「もう、怒る気にもなれないよ」

バランはそう言って何度も首を横に振った。

「そういえば、ゴムス。お前は今回初試験だったんだよな。どうだったんだ？」

バランが尋ねると、ゴムスはにんまりと笑った。……でも、バランには読めていた。ゴムスがこういうふうな笑顔をする時は、いつも反対の結果の時なのだ。

「俺も落ちたよーん」

ゴムスはあっさりと言った。特に落ち込んではいない。これがいつものゴムスなのだ。いつも楽観的で、悩まない。そんな性格の持ち主であるゴムスが、バランは羨ましくもあった。

「お前も落ちたか……。でも、お前なら落ちても仕方がないだろう」

ゴムスはいつもいい加減だ。もともと不真面目な性格で、勉学も武術の修行も適当にやっている。本当に騎士になるつもりがあるのかどうか定かではないのだが、学院には毎日サボらずに通っている。学院は決して義務教育ではない。辞めたければ辞めてもいいのだ。高い学費を払って通学しているのだから、お金がもったいないというものである。でも、どうやら本人より親のほうが熱心になっているらしい。ゴムスの家も一応貴族だ。ランバート家の子息としてゴムスに立派な王国の騎士になってもらいたいと思っているようだが、通っている当人がやる気がないのだから、親もかわいそうだ。お金の浪費もいいところである。そんなゴムスだから騎士叙任試験に合格するはずがないと思う。もし合格するようなことがあったならば、真面目にやっている自分は何なのだ、とバランは思う。それこそ死にたい気持ちにもなるだろう。

「まあね。バランが何回も落ちているんだから、俺なんかがそう簡単に受かるはずがないんだよな。……まあいいや。俺は今回の試験が初めてだし、また次があるしな。こういう時は暗くならないで、さっぱり忘れてしまうのがいいのさ」

ゴムスの口調は淡々としていた。本当に楽観的な性格なのだ。しかし、バランの表情はかなり険しいものになっていた。「また次がある」というゴムスの言葉が、バランの心に引っかかっていた。もしかしたら、バランには次がないかもしれないのだ。名誉と伝統を重んじる騎士学院が、それを許してくれないかもしれないのだ。

ナリティィス王国では、騎士を目指す者は騎士学院に通い、数々の教養を身につけ、武術の修行を積み、年に二度行われる騎士叙任試験に合格すると、卒業して騎士になることができるのである。他の国ではこのような制度はない。騎士になるのはほとんど貴族の者であるというのはナリティィス王国と変わらないが、その形態は異なる。他国では、貴族の家の子息は他の貴族の家に小姓として入り、数年間の修行を受ける。そして大人になる頃に騎士の叙任を受けて騎士となれるのである。また、これはナリティィス王国も他国にも共通することだが、立場はいかなるものであれ、何らかのきっかけで国家にとって輝かしい功績を上げた場合、国王から直々に騎士の叙任を受けることがある。もっとも、そのような活躍をする者が現れるのはごく稀《まれ》ではあるのだが……。

騎士学院制度の目的は、優秀な騎士の育成である。龍神ナーガが建国した誇り高きナリティスの騎士になる者は、精神的にも肉体的にも、教養の面でも優秀でなくてはならない。「神聖王国」は、名誉と伝統を重んじる国家であるがゆえに、このような制度が誕生したのである。騎士学院に通うのには多額のお金がかかる。それでも神聖国家の騎士を志す若者は限りなく、この学院に通う学徒の数は多い。けれども、その学徒の多くが騎士になることは出来ない。無事に卒業出来るのはほんの一部に過ぎないのだ。騎士学院では、通学年数は最低三年と決まっている。三年経ったら騎士叙任試験を受ける権利を得られるのだ。そして春と秋、年に二回試験が行われる。試験に合格したら、卒業となるのだ。しかし、試験に失敗して入学から四年が経つと、学院から希望退学を薦められる。そして五年が経っても卒業できない者は、強制退学となってしまうのだ。多くの者が卒業を迎えることができないのが現実である。それだけ、名誉と伝統を重んじるナリティスの騎士学院は厳しいのである。騎士になれずに退学した者は、その学院で学んだことを生かして格下の兵士や、傭兵になったりする者が多い。ゴムスは今回の試験が一度目であり、まだ余裕があった。しかし、バランは今回で五度目である。

通常、試験を四回受けた時点で入学から五年を迎えることになり、強制退学になってしまう。だが、バランにはコネがあって、特別半年の留年延長を認められていたのだ。そのコネというのは、バランにはサーディーという名の六つ年上の従兄弟《いとこ》がいて、その男は現在騎士隊隊長を務めている優秀な男で、彼が学院長と個人的に親しいため内緒で口を利いてもらっていたのだ。そのチャンスをもらった五度目も、落選してしまった。つい先日、これ以上長く学院に留めておくわけにはいかなくなると、サーディーに念を押されたばかりだったというのに……。それに、家に帰ったら父親に何て言えばいいのだろう。前回試験に落ちた時には父が激怒して、それでも私の子かと怒鳴られたものだ。今回も落ちたことを知れば、本当にただではすまないだろう。これでは従兄弟のサーディーや、厳格な父に会わす顔がない。いろいろ考えると、重圧に押し潰されてしまいそうになる。そして何よりも苦しいことは、バランがずっと努力して目標にしてきた騎士になるという夢が、絶望的になってしまったことだ。バランは悲しみの深淵にあった。そんな苦悶の表情を浮かべているバランを見て、ゴムスは明るく声をかけてくる。

「そんなに暗い顔をするなよ。落ちてしまったものは仕方がないじゃないか。……まあ、今後の事はゆっくりと考えればいいんじゃないのか？　……それより、今日は飲もう。酒でも飲んで、嫌なことはパアッと忘れようぜ！」

「お前な……！」

ゴムスと違って自分には後がない。彼のように能天気ではいられない。いつも楽観的で、それにどうせ他人事だとでもいうようないい加減な言い草に、バランは憤慨した。けれど、彼の言うことにも一理あると思った。落ちてしまったものは仕方がない。その結果を覆せないのは事実である。そして、まだ決めていない今後のことは、ゆっくり考えればいいのかもしれないと思った。とにかく、今は全てを忘れてしまいたかった。何も考えたくなかった。だから、酒を飲みに行くというゴムスの意見には大賛成だった。

「もう、今日は飲むぞ！」

バランはゴムスと肩を組んで酒場を目指して歩き始めたのだった。だがその時、バランは、おやっ？……と眉をひそめた。

「どうした？　バラン」

急に立ち止まるバランにゴムスが声をかける。怪訝な顔をしているバランの視線の先には、列を作って行進しているナリティスの騎士達の姿があった。騎士達は真っ赤に燃えるような炎の色をした金属製の鎧を身に纏《まと》い、背には長いマントを羽織って威風堂々と行進している。ナリティス王国の騎士の鎧は龍の炎をイメージして真っ赤な色をしているのだ。その鎧を着込んだ姿が騎士の正装であるのだ。バランは騎士達の姿を羨望の眼差しで見つめていた。あの赤いナリティス王国の鎧を見るたびに、騎士になりたいという思いが心の中で疼くのだ。……どうやら彼らは王城の方に向かっているようだった。その騎士達の背後を何人もの衛兵達が慌てた様子で続いていた。このように騎士達の行進を街中で見かけるのはそう珍しいことではないのだが、何かいつもと雰囲気が違うのにバランは気づいていた。

「何か様子がおかしくないか？」

怪訝な顔をしているバランを、ゴムスは不思議そうに見つめ返す。

「あれ？　お前知らないのか？」

「何をだ？」

「昨夜ドズル卿が館で惨殺されたらしい。胸を何度も剣で刺されて血まみれになった姿で、寝台の上に横たわっていたらしい」

「何だって!? あのドズル卿が……!?」

バランは絶句した。ドズル卿は国王の信頼も厚く、大臣を務めていた男だ。それに、ドズル卿はバランのラルティーグ家とは親しい関係にあったのだ。国家にとっても重要な立場にある男の死に、バランは大きな衝撃を受けていた。

「……大変なことだ!……」

バランは息を呑んだ。ドズル卿は温厚な人柄から騎士達の人望も厚く、彼は決して恨みを買うような男ではなかった。それが惨殺されたなんて、とても信じられなかった。

「そう、すごく大変なことだよ。大臣が殺されて国王もひどく悲しまれているらしい。……つい先日にはナーガの神官が暗殺されたし、文官の一人も殺されている。……ドズル卿で三人目だ」

「……一体誰がこんな事を……?」

バランは怒りで手が震えていた。正義の神を信仰する国の民として、その国を愛する者として、そして、同じ人間である以上殺人という行為を犯した者を許すわけにはいかない。特に、暗殺などという卑劣な行為を、龍神ナーガに遵《じゅん》ずる国家が目をつぶっているはずがない。

「……何だかねぇ。物騒な世の中になってきたなぁ」

ゴムスはそう言って遠くで祝杯を挙げている人達の姿を見た。そしてため息をつく。

「王子様の婚約はめでたいけど、それどころじゃなくなってきているというのに……。祝杯なんか挙げて、のん気なもんだな」

バランはさらに表情を強張らせた。王子の婚約は国民にとってはうれしいことだ。祝杯を挙げている人達の気持ちはよくわかる。その時期に暗殺事件が多発してしまうのだから何と皮肉なものかと、バランは思った。

「あのさ、バラン。実は俺さ、この事件の犯人に見当がついたんだ」

「何だって？　誰だいそれは？」

バランが興味深そうに耳を寄せると、ゴムスは得意そうに語る。

「殺された人達は皆身分の高い人達ばかりだ。……それもこのナリティス王国で特に信仰深い人達だよ。そうだろ？」

バランはふむふむとうなずく。確かに彼の言う通りだ。ナーガの神官は当然の事、殺された文官もドズル卿も信仰が篤いことで有名だ。だいたいこの国のほとんどの者が、ナーガ神への信仰は篤いのだ。

「それで俺はこの事件の犯人は……暗黒神ファフニールの信者の仕業ではないかと思っているんだ」

「何だって!?　暗黒神ファフニール!?」

バランは驚愕の声を上げた。ゴムスはそのバランの声に驚いて慌てて口をふさいで周囲を見渡した。

「こ、声が大きいよ……！　暗黒神はこの国では禁忌の存在なんだから……！　全国民が忌み嫌っているんだよ。その名を聞いただけでも皆怒り出すよ……！」

「それはそうだ！　この僕だって怒っているんだから……！」

バランは暗黒神の名を出したゴムスに腹を立てていたが、何よりもその存在を思い出させられて怒っていたのだった。龍神ナーガにとって暗黒神ファフニールはまさに天敵。かつての神魔大戦以降、この対極の神々はずっといがみ合っているのだ。ナリティス王国はナーガ教を国教と定めているから、当然国内に暗黒神の教団は存在しない。けれど、他国では暗黒神の教団は存在するし、信者も数多くいる。ファフニール教を国教と定めている国も実際に存在するのだ。しかし、ナリティス国内では暗黒神のことなど、一般人の世間話にさえ出されないだろう。それほどに忌み嫌われているのである。

だからバランはひどく憤慨したのである。

「わ、わかったよ、バラン。そんなに怒るなって！　きっと俺の思い過ごしだよ。悪かった」

「まったくだ。そんな話が広まったら、それこそ国内はパニックになるよ」

しかし、現在ナリティス国内で忌まわしい暗殺事件が多発していることは事実だ。そして、その犯人が未だ捕まっていないことも…。さっきはゴムスの意見に憤慨したものの、暗黒神の教団の仕業であるという可能性を否定しきれないのも確かだ。バランの胸中は複雑だった。

「……それにしてもこんなめでたい時期に暗殺事件だなんて……。これは絶対に犯人を捕まえないといけないな……！……そうだ！　僕達でその犯人を捕まえよう……！」

バランが熱を込めて言うと、ゴムスは真剣な顔でバランを見る。

「……そうだな、それもいいな。面白そうだし。……でも、どうやって探すんだ？」

「そ、それは……」

バランは言葉を詰まらせた。いざ実行となったらどうすればいいのかわからなかった。ゴムスはそんなバランに冷たい視線を送る。

「……バラン。実はお前が犯人だったりして……」

「馬鹿。冗談でもやめろ……！」

バランはゴムスの頭を小突いた。ゴムスは「痛てて……」と頭をさする。いつもの冗談なのに…、と小さくつぶやいた。

「でもさ、バラン。……やっぱりこれは俺達には関係ないことだし、後のことは騎士や衛兵達に任せよう……。素人が引っ掻き回しても良くないと思うし……」

一度は犯人探しに同意したゴムスであったが、その決意は数秒で終わった。よくよく考えてみれば面倒臭かったのだ。それに、自分達に本当に犯人など捕まえられる気がしないし、実際に三人もの命を奪っている凶悪な暗殺者を相手にして、自分達も無事でいられるとはとても思えなかったからだ。

「それにさ、今の俺達はそれどころじゃないだろう？　試験には落ちてしまうしさ。バランもこれからどうするっていうんだ？」

「う……、それは……」

バランは返す言葉がなかった。暗殺事件のことで一時忘れていたが、今は何よりも自分の問題を解決しなければならないのだった。それを考えると気が重かった。『もし自分が騎士であったならば、今多発している暗殺事件の捜査に加わることが出来るのに…』と思い、そんな歯がゆさを噛み締めた。

「……まあ、バラン。とりあえず飲みに行こう」

ゴムスがバランの肩に腕を回す。バランも大きくうなずいた。何かゴムスに言いくるめられているような気がしたが、今はどうでもいいように思えた。

「ああっ！　もう今日は飲むぞ！」

バランは苛立たしさから髪を掻きむしる。そして、ゴムスと足並みを揃えて町の酒場へと向かっていくのだった。


視界が歪む……。喧騒の酒場の中の男達の声も遠のいて聞こえてくる。激しい頭痛や吐き気が何度も襲ってくる。バランはかなり酔いが回ってきていることを自覚していた。いっそ胃の中の物を全て出してしまいたかったが、こんなところで出してしまえば顰蹙《ひんしゅく》を買ってしまうだろうからそれもできない。バランは飲み過ぎた自分自身を呪わずにいられなかった。そして、ゴムスに対しても……だ。奴が次々と酒を注いできたのだ。結局それを遠慮しないで飲んだ自分が悪いのかもしれないのだが、それよりも彼に怒っていたのは、今彼がこの酒場にいないこと、だ。今バランは一人でカウンターの席に座り、酒をあおっていた。ゴムスは先ほどまで隣の席に座っていた。一緒に酒を飲んで愚痴を言い合っていたのだ。その時は気分が良かった。だが、そのうちに数人の女の子が話しに加わってきて、話は盛り上がり、ゴムスは女の子達と意気投合し、酒場を出ていってしまったのだ。バランは女の子と接するのは苦手なほうだ。グループとなると話題に入ることができず、一人浮いてしまうのだ。今日もそうだった。ゴムスは女好きでとても社交的だから、いつも話の中心になって雰囲気を盛り上げている。そんなことができるゴムスをすごいとは思っているが、羨ましいとは思わない。やはり騎士となる者は硬派でなければならない、とバラン自身は思っているからだ。それにしても、女の子と盛り上がるのはゴムスの勝手だが、今日一緒に飲んでいた自分を放っていくなんてまったく薄情な奴だと、バランはひどく憤慨していた。それにのちのちになって気づいたのだが、ゴムスの飲んだ分の飲み代の支払いはどうなっているというのだ。それに、数人の女の子達の分もだ。払っているようには見えなかった。バランは怒り心頭だった。明日ゴムスに会ったらギャフンと、懲らしめてやろうと心に決めていた。自分の席の前にはまだ酒が十分に入っている酒瓶が何本もある。ゴムス達が全部飲んでいかなかったから余ってしまっていたのだ。注文してしまった限り支払いはしなくてはならない。残すともったいないので、バランは酒に口をつけていたのだが、飲み過ぎて意識が希薄になっている。視界が白濁し、目の前の物が何重にもなって見える。バランはかぶりを振って意識を取り戻す。そんな時、バランの横の空席に座る者がいた。バランは初め気にも止めなかったのだが、その人からいい花の香りが漂ってきたので、気になってちらりと視線を向けた。すると、そこには美しい娘が腰掛けていたのだ。年はまだ二十歳ぐらいだろうか。自分とそう変わらないように見える。バランは彼女を一目見て、美しい……、と感じた。カールがかかったブロンドの長い髪。白く透き通る雪のような肌。

母なる海を思わせる綺麗な青い瞳。高い鼻に、形のいい淡い桃色をした唇。そして滑《なめ》らかな曲線を描く華奢な肉体。そのどれをとっても魅力的だった。バランは美しい花でも見るかのように、彼女の姿をじっと眺めていた。その女性もバランの視線に気づいて振り向く。そして、バランを見ると小さく微笑んだ。かなり酔いが回っていたバランは、彼女がまるで天使のように見えて、その微笑にうっとりしてしまった。だがすぐに頭を振って意識を現実に戻す。そして今一度彼女の顔を見る。やはり美しかった。この美しさは酔いのせいの幻覚ではないようだ。すると、その女性の小さな唇が動き、言葉を発した。

「こんにちは。……騎士様とお見受けしますが……」

その女性が高く細い声で話しかけてきた。バランも話しかけてくるとは思ってもいなかったので、どぎまぎしてしまった。

「……あ、ああ。い、いかにも。わたしの名はバラン・ラルティーグ。この聖王国ナリティスの騎士です」

バランはそう答えてから思わず片手で口をふさいだ。「騎士」という言葉がとても心地よく耳に響いていたので、バランの口から思わず偽りの言葉がこぼれてしまっていた。騎士見習いと言い直そうかと思ったが、それではさすがに格好が悪いので踏み留まった。それに、せめて今だけでも騎士でいられれば……と思ったので、訂正しなかったのだ。……でも、どうして自分が騎士に見えるのだろうとバランは不思議に思った。その答えは自分の着衣にあることに遅れて気づく。バランは正装用のチュニックを身につけている。このチュニックは騎士学院で着用するもので、いわば制服に近い感覚のものである。でもこれはナリティスの正騎士が着用するチュニックとデザインがほとんど同じなので、一般の人には見分けがつかないのも無理はない。正騎士は「騎士の紋章」と呼ばれる、騎士の証であるバッジを服につけている。それを知らない人が意外と多い。この女性もその一人であるのだろうとバランは思った。バランは自分が少しでも騎士らしく見えるように背筋をいっぱいに伸ばして、姿勢を正した。

「君は……?」

「私はマフィレアよ。……マフィレア・トールフィン」

彼女はそう言って優しく微笑んだ。

「最近この王都バーハラに引っ越してきたの……。今は中央街路にある花屋で働いているわ」

「花屋か……。道理で君からはいい香りがしてくると思ったよ」

「そう?　……ありがとう……」

マフィレアはそう言ってくすくすと笑った。そして彼女は店のカウンターの上に飾られていた花を指差す。

「この花はね、先日私が持ってきた花なのよ。綺麗でしょう?」

「え?　そうなんだ。君が?」

バランはその花をまじまじと見た。それは赤い花で、四、五枚の花弁があって、その中心に黄色い筒状の花が見える。綺麗な花だった。マフィレアは花の名前を「エピデンドラム」だと教えてくれた。そしてこの花が持つ花言葉は、〝可憐の美〟であると付け足して教えてくれた。そして、少し離れたところにある別の花に視線を向けて、その花の名前と花言葉を教えてくれた。バランは彼女の知識の深さに感心した。それは、花屋で仕事をしているからという理由だけでなく、きっと彼女自身がすごく花を愛しているからなのだろう、とバランは思った。

「花は好きですか？」

マフィレアの言葉にバランはうなずいた。

「好きだよ。綺麗だし……、花が近くにあると何か心が和むよね」

バランは正直に自分の気持ちを答えた。それを聞いたマフィレアはよかった、と言って微笑んだ。

「私も同感……。花に囲まれていると心が落ち着くの……。嫌なことも忘れさせてくれるわ」

しんみりとつぶやくマフィレア。その視線は懐かしいものを見ているかのように、または少し寂しげに、しばらくの間宙に漂わせていたが、彼女ははっとなって我に返り、照れ笑いをした。

「ところで、騎士さん……。……バランさん……だったかしら……？」

「ああ。バランでいいよ。さん付けされるのはあまり好きじゃないから……」

「うん。……バラン……は、騎士様でしょう？　騎士様って、やっぱりいろいろ大変なの？」

「あ、ああ。それはね。……何か大事が起きた時にはすぐ城に駆けつけなければならないし、国王や国のため、そして自分の名誉のためにも命を賭けて戦わなければならない時があるからね」

バランは得意そうに答えた。騎士を詐称しているが、騎士としての本分はわきまえているつもりだ。国家事情の詳しいことでなければ、答えられる自信があった。

「大変なんだね……」

マフィレアがそう言うが、バランは首を横に振った。

「いや。でもね、僕は国を愛しているから、仕事はきついかもしれないけど平気なんだ。国を、そして国王を守るためだったら、たとえ死んでも構わないと思っているよ」

「死んでも……？」

「ああ……！」

バランが何の躊躇もなく答えたので、マフィレアも正直驚いた。国のために、国王のために命を捨てることができるなんて、バランには相当の忠誠心があるのだな、と思った。バランは余っている酒をマフィレアに勧める。マフィレアは、ありがとうと礼を言ってグラスを受け取り、遠慮なく飲んだ。ほろ苦いエールの酸味が口の中に広がっていく。少しだけ体が熱くなっていくのを感じる。バランも勢いよく酒を飲み干した。

「……でもすごいね。命を賭けられるなんて……。私にはとても出来ないなぁ……。でも、バランは本当に国を愛しているから、それができるんだね、きっと……」

バランは力強くうなずいた。

「うん。好きだよ。この国が。住みやすくて、平和だしね。それに、王をとても尊敬している。この国の国王はあの龍神ナーガの血を引いているんだよ。これって、すごいことだと思わないか？　光の神の血だよ。……国王はその血に恥じない善政を行っている。国民からの信頼と忠誠は厚いし、だから、この国は平和なんだと思うんだ」

バランは熱弁をふるった。国を愛する気持ちは誰にも負けない自信があった。その熱い思いは、今日初対面のマフィレアも十分に感じることができる。

「幸せだね。国王様も、この国も……。バランのような、心から愛して忠誠を誓ってくれている騎士が仕えているんだから……」

「そ、そうかな……。そう言ってもらえると嬉しいな……」

バランの気分は最高だった。マフィレアとは今日が初対面であるのに、もう自分のことを理解してくれているような気がしたからだ。今までこのように女性と打ち解けて話をすることなど一度もなかった。バランは女性には奥手で、これまであまり異性と縁のない人生を歩んできた。それがこんなに美しい女性と親しく話ができたことは、バランにとって大きな進歩であったし、無上の喜びだった。今は最高の気分だ。だからせめて今だけでもつらいことは忘れようと思った。騎士叙任試験も、従兄弟のサーディーのことも、父のことも……。バランは酒をあおった。そしてマフィレアにも酒を注ぐ。

彼女は遠慮しないでバランに付き合ってくれている。上機嫌のバランは、自分のちょっとした武勇伝をマフィレアに語り始める。……一年前に北の山に出現したゴブリン族（山に潜む邪悪な妖精族）の集団を退治したことや、半年前に墓場に現れたゾンビーを退治して褒賞をもらったことや、三年ほど前の窃盗団討伐のための遠征などを得意そうにバランはマフィレアに話して聞かせた。全部騎士学院での実戦授業の一環であったが、バランは少しだけ自分の活躍を誇張して語った。マフィレアはそんな自分の話を真剣に聞いてくれていた。決して退屈そうにもせず、時々笑って相槌を打つ。時々笑って、驚いて、感嘆の声を上げて……。そんな彼女の姿を見ているだけでも、バランは幸せな気分になっていた。彼女の何気ないちょっとした仕草も、妙に可愛らしく見えた。マフィレアに酒を勧めたせいで、彼女の頬がほのかに赤くなってきていた。ほろ酔いといった感じだろうか……。桃色の頬になったマフィレアはますます色っぽく見える。バランは武勇伝を語りながらも、時々彼女に見とれてしまう。そうして二人は打ち解け合い、雰囲気は盛り上がっていった。……だが、過度に酒を飲むバランの意識は希薄になっていく。ろれつも回らなくなり、瞼も重くなっていく。視界は白濁し、マフィレアの顔がかすんで見えてくる。マフィレアの声も、騒がしい周囲の声も、徐々に遠のいていく。もうバランは思考を巡らせることもままならなくなっていった。でも、それは妙に心地よい感覚だった。

やがて、バランの意識は途絶えた。

視界がぼんやりとしている。美しいマフィレアの微笑みが目の前にあった。美しいが、まだどこか幼さを残した可愛らしい顔だった。今、マフィレアは一糸も纏わぬ姿で目の前にいた。気づけば自分も裸だった。マフィレアは裸の自分に馬乗りになって顔を寄せてきている。彼女の裸体も想像通りに美しかった。そんな彼女と肌を密着させていてバランは自分を抑えることが出来なくなる。理性の壁を打ち砕き、マフィレアの体に抱きついた。豊かな胸……。白く透き通るような肌……。柔らかくて暖かい彼女の肌の感触がとても心地好かった。だが、どうしたことか、突然全身に激痛が走った。快感から呼び戻されるような尋常ではない痛みだった。と、その瞬間、マフィレアが幻のようにその場から消えてしまった。

「痛てー！」

バランははっとなって目を見開いた。気づくと自分は床の上に座っていた。突然の事に状況が理解できず、周囲をキョロキョロと見渡す。自分は寝台のすぐ脇にいて、自分以外には誰もいない。マフィレアもだ。閑散とした部屋の中に窓から暖かい陽光が差し込んでいた。朝になっていたのだ。バランは眩しさに目を細めた。

「夢だったのか……」

バランは大きくため息をついてがっくりと肩を落とした。マフィレアを抱いたのは夢の中だった。そして自分は不様《ぶざま》に寝台から転げ落ちて夢から覚めたという訳なのだ。それにしても何という罰当たりな夢を見てしまったのだと、自分自身を責めたが、心の隅には、これが現実であったならばな……、という思いがあるのも正直なところであった。バランは自分が眠っている無意識のうちに抱え込んでいた枕を、寝台の上に放り投げて憮然とした表情をした。頭はガンガン痛むし、胸はむかむかして気持ちが悪かった。昨夜あれほど酒を飲んだのだ。二日酔いになるのも全然不思議ではなかった。バランは改めて飲み過ぎた自分を呪わずにいられなかった。周囲を見ると、寝台の横にある小さな円形のテーブルの上に、水差しとグラスが置いてあった。バランは水差しの水をグラスに開けると一気にそれを飲み干す。それではまだ足りず、もう一杯水を注ぐとそれも勢いよく飲み干した。はあっ、と大きく息を吐き出す。少しだけ胸のムカムカ感が解消された気がした。それにしても……。と、バランは改めて部屋の中を見渡す。この部屋にはテーブルや寝台の他に小さな棚があった、だがそれ以外には二つほどの椅子があるだけで、飾り気のない寂しい部屋だった。その部屋にバランは全く見覚えがなかった。記憶をたどってみるが、昨夜のことは何も覚えていない。記憶にあるのは酒場のカウンターでマフィレアと二人で楽しく酒を酌《く》み交していたところまでだ。それ以降は記憶にない。記憶がなくなるほどまでに酒を飲んだのは、バランにとって初めてのことだった。

「……ここは一体どこなんだ……？」

バランはふらふらと立ち上がり、部屋のドアノブに手をかけた。ゆっくりと押し開いてみる。すると、その扉の向こう側は通路になっていて、通路を挟んで向かい合うようにして同じような部屋が幾つも並んでいた。

「……ここは宿屋か……」

バランはようやく気づいた。昨夜飲んでいた酒場の二階は宿になっていて、バランはその一室を借り切って一夜を明かしていたのだった。この時世、このように酒場と宿屋が一つになっているのが一般的である。通常は一階が酒場で、二階が宿泊施設になっている。ここはまさに典型的な酒場なのだ。しかし、昨夜どうやってこの部屋まで来たのか全然記憶にない。マフィレアとは一体いつ別れたのかも覚えていない。記憶を探ろうとすると頭痛がそれを阻むのだ。『とにかく出るか』。バランは部屋の中に戻り、荷物の確認をしてから階下へと足を運んだ。

階下の酒場には、お昼前ということもあってか客数は少なかった。何人かが幾つもある円形のテーブルにバラバラに座って食事をとっている。遅い朝食なのか、早い昼食なのかは知れないが、皆黙々と食べ物を口に運んでいる。バランも食事をどうしようかとしばし考えたが、体調が良くないせいかあんまり食欲もないので何も食べないことにした。そしてバランはカウンターの前まで行く。その奥には酒場の主人がいた。この酒場兼宿屋の主人はいつも無愛想だ。今も憮然とした表情でバランを横目で見ている。バランは財布を取り出して、昨日の飲み代と宿泊代を払おうとした。が、しかしここでバランは大変なことに気づいた。自分の財布をよく見ると、硬貨の数がやけに少ない。今になって思い出したのだが、もともと持ち合わせが少なかったのだ。それなのに昨夜はあんな大量に酒を注文してしまったし、ゴムスの飲み代も自分が払わなければならない。おまけに昨晩は宿屋に泊まってまでいるのだから、相当な金額を請求されることは予測がついた。ちらりと酒場の主人の顔を見る。もともといかつい顔をしている男で、そのうえ無愛想なもんだから、怒っているように見える。考えてみれば怒っているはずもないのだが、お金が足りないことを知ったらどんな形相になるのだろうかと想像するだけでも恐ろしかった。バランの顔に冷や汗が浮かぶ。二日酔いが一気に醒めていくのを感じた。その時、バランと主人の視線が合った。無理に視線をそらすと怪しまれると思って、バランはとりあえず微笑んで見せた。だがかえってそのほうが不自然であることに遅れて気づく。バランの笑顔を不気味に感じたのか、主人は眉をひそめた。

「……旦那。代金ならいらねぇよ」

主人は険しい表情で言った。

「え!?　何で!?……タダなの？」

バランは目を丸くして主人の顔を見た。

「いや、昨日あんたが連れ添っていた女性が全部支払ってくれたんだ。飲み代もあんたの宿泊代もな」

「えっ？……昨日の女性……？」

それはマフィレアであるに違いなかった。しかし、昨日出会ったばかりの女性だ。それなのに支払いをしてくれたなんて、なんて人がいいのだろうと思った。バランは彼女の好意を怪訝に思ったが、でもそのおかげで無事に酒場を出ることが出来る。彼女には早いうちにでも会って、お礼と立て替えてくれたお金を返さなければならないな、と思いバランは酒場を出た。


王都バーハラの正門から王家が居住しているバーハラ城までは幅の広い一本の街路が延びている。この街で最も規模が大きく街の中心的な街路であり、王都バーハラのほぼ中央に延びていることから『中央街路』と呼ばれている。北にある正門から南にある城に向かって真っ直ぐに延びる中央街路は、南部の広場で一度途切れている。そして道はやや南西に屈折して、そのまま王城まで続いているのである。この広場から城までの部分は別名『宮殿通り』とも呼ばれている。中央街路には様々な店が軒を並べている。裏通りとは違って露店などは少なく、立派な建物を有した商店が中央街路に並んでいるのである。中央街路は北から南にかけて、一定の間隔を空けて街路樹が植えられている。冬の終わりから春先に花を開く桜の樹である。今はちょうど満開の時期。桃色の花をつけた樹が街路沿いにずっと延びていて、中央街路を美しく華やかに飾っていた。

バランは宿泊した酒場兼宿屋を出てから、一度家に向かった。家にはまとまった金があるので、財布の中身を補うためだ。しかし、家に帰るのに相当の覚悟を要した。もし、父親に姿を見られれば、間違いなく咎《とが》められるからだ。父親も昨日騎士叙任試験の結果発表があったことを知っている。父はバランの騎士叙任試験を気にかけてくれている。きっと昨夜は自分から結果報告を聞くのを心待ちにしていたことだろう。だから父に見つかれば、何を言われるかわからない。恐る恐る家に帰ったバランであったが、幸いにも父は外出中で、家には母親と召使いだけがいた。バランは母親に見つからないようにこっそりと自分の部屋に入った。だが、召使いに見つかってしまう。召使いは「両親に会われるように」とバランを家に引き留めようとしていたが、バランは自分の部屋からお金を持ち出すと「用事がある」と一言残して逃げるように家を出た。ここで引き留められて両親に会ったら何を言われるかわからない。騎士叙任の結果を知っていれば会った刹那に文句が飛んでくるだろうし、知らなくても尋問されるだろう。自分の口から告げるのがかなり億劫だ。自分はこれからどうするかはまだ決めていない。今まで騎士になる以外は考えてもいなかった。いざ、それ以外の進路を決めなくてはならない状況になると、何も考えられなかった。今は誰とも話をする気になれなかった。それが現実逃避であることは自身わかっていたが、それだけバランのショックは大きく、心に大きな空白が生まれていたのだった。バランは家に寄った後、細い路地を通って街の一角を左折し、中央街路に出た。バランの家は王都の北側に位置しており、バランは花屋を探すべく街路を南下した。この広く長い街路には何軒かの花屋が存在していた。バランは店の一つひとつをさりげなく通る振りをして、ちらっと花屋の中を覗いて見る。しかし、一軒の花屋には中年の女性の姿しかなく、二軒目には見たこともない茶色髪の若い女性の姿があるだけだった。ブロンドの髪がとても美しかったという印象があるあのマフィレアの姿はその二軒の花屋のどちらにもなかった。バランは諦めずに次の店へと歩を進めていく。

中央街路は、この王都バーハラのメインストリートだけあって行き交う歩行者の数も多い。行商人、衛兵、傭兵、学生、婦人、それからリュートを持った吟遊詩人風の男や僧衣を纏ったナーガの修行僧、確たる地位を持つとおぼしき貴族の姿もあれば、小さな子供から深い皺を顔に刻んだ老人まで多くの人々の姿があった。中には森林の妖精エルフや山の妖精ドワーフといった妖精の姿や、またそのどちらにも属さない小人の妖精の姿もちらりと見える。この王都バーハラはナリティス王国一の街。生活をしているのは何も人間族だけではない。世界に現存している様々な種族がこの王都バーハラにも存在しているのである。バランは街路を南下中、マフィレアを探すために歩行者にもせわしく視線を向けていた。やがてバランは長い街路の中心当たりまで歩みを進めてきた。左手方向にはバーハラ一の規模を持つ施療院があり、その角には港通りへと続く路地が伸びている。バランはそのまま通り過ぎて中央街路を歩み続け、南の広場へと足を進めていく。中央街路とはこの広場までの道を呼んでいるのだ。広場までに花屋がなければ、中央街路に現存している花屋は先ほどの二軒のみということになる。しかし、店には彼女の姿はなかった。それとも、彼女が言っていたことは全くのデタラメであったという可能性もある。初対面の相手だし、もう会うこともないかもしれないということもあってか、また何らかの理由で彼女は適当に嘘をついていたことも考えられる。そういうバランも自分が騎士であると嘘をついているのだ。騙されていたとしても何も言えない。でも普通に考えてみたらそんな嘘をつく必要がないし、それにあの清純で生真面目そうな女性が嘘をつくようには思えなかった。いや、そう思いたくなかった、というのが本音だ。様々な思いが交錯していたが、バランは彼女に会えるのを信じて引き続きマフィレアの働いている店を探していた。

バランがマフィレアを探し始めてから半時ほどが経っていた。そして広場の前までくると、花屋があった。中央街路で花屋はこれで三軒目。間違いなく最後の一軒だ。この店に違いないと、バランの胸が期待で躍る。立て替えてもらっていたお金を返すだけなのに、なぜか浮き浮きしていた。どうしてそんなに楽しい気分になっているのか、バラン自身もわからなかった。バランは速足で花屋に近づくと、さりげなく通り過ぎるふりをしてチラッと店の中の様子を窺った。そこでバランは見た。ブロンドの髪の女性の姿を……。白い服を纏い、桃色の前掛けをしている。手には水差しを持っていて、どうやら花に水をあげているようだ。色とりどりの美しい花に囲まれて、ブロンド髪の女性、マフィレアの美しさがより一層引き立って見えた。バランは自分の心臓がせわしく鼓動しているのに気づく。

何度か深呼吸をして気持ちを落ち着かせてから花屋の中に入っていった。マフィレアが客が入って来たのに気づいて振り返り、笑顔で「いらっしゃいませ」と言ってきた。と同時に、その客の顔を見てマフィレアは驚いたような表情をした。

「……あなたは……！　昨日の……」

マフィレアは上ずった声で言った。バランはにっこりと微笑む。

「やあ、こんにちは」

バランは挨拶をすると近くに飾られていた赤色の花を指差して「これ、もらおうかな……」とマフィレアに注文した。マフィレアは少々困惑したような顔をしたが、すぐに返事をして、その花を包装紙にくるみ始めた。そしてマフィレアは花を差し出すと、バランは財布からお金を取り出して彼女に代金を手渡した。そんな彼をマフィレアは怪訝そうに見つめていた。その視線にバランも気づく。

「……どうしてここへ……？」

マフィレアがバランに尋ねた。

「昨日の飲み代と、それに僕の宿代まで払ってくれたそうだね。だからお金を返しに来たんだよ」

バランが言うとマフィレアは「ああ……、そのこと」と思い出したような声を出して納得したような表情をした。バランは財布からお金を取り出してマフィレアに渡そうとする。だがマフィレアは数歩退いて、両手を胸の前で振って受け取るのを拒否する仕草を見せた。

「あれぐらいいいのに……。……私だってかなりお酒をいただいちゃったんだから……」

「それこそ気を遣うことはないよ。あの酒は余ってしまって困ってたんだから。君が飲んでくれて助かったんだよ」

「……でも……」

マフィレアは逡巡《しゅんじゅん》していてなかなかお金を受け取ろうとしない。バランは「お金を返すだけだから遠慮なんてすることないよ」と言って、強引にマフィレアの手を取ってお金を握らせた。マフィレアもしぶしぶ納得してうなずく。

「……ありがとう……。わざわざそのために来てくれて……」

マフィレアは申し訳なさそうに言う。そしてお金を自分の懐にしまった。それから、二人はその場で突っ立ったまましばし向き合っていた。沈黙が流れる。お互いに何を話したらいいのかわからずに困っていた。バランはお金を返したのだからもうここには用はないはずである。だから引き上げるべきなのだろうが、何か言いようのない寂しさがあった。ここでこのまま別れてしまえば、今後もう会うこともないかもしれないし、これっきりの関係になることだろう。でも、それはあまりにも寂しいことだと、バランは思った。正直なところマフィレアには好感を抱いていた。美しく、そして優しい。しとやかで高貴な雰囲気もバランはとても魅力的だと思っていた。せっかく出会ったというのに、これで終わってしまうなんてすごく悲しいと思った。バランはマフィレアに背を向けて店を出ようとしかけていたが、すぐに思い直して振り返った。

「……あの……！」

「え？」

マフィレアは驚いたような声を出す。しかしその瞳にはかすかに期待があるようにも見えた。

「……昨日は本当にありがとう。……それで、その……。お礼っていうか……。今度、一緒に食事にでも行かないか……？」

バランが勇気を出して言うが、マフィレアは黙ってうつむいてしまった。バランは『駄目なのか……』と、失望する。でも勇気を出して言ったのだ。後悔はない。これで断られれば、結局自分はそれだけのものだったんだと諦めるしかないだろうと思った。だが、マフィレアは決意したように顔を上げる。その表情は明るかった。

「……うん。いいよ」

「えっ？　本当に!?　……良かった」

バランの勇気は実ったのだ。心が躍る。

「じゃあ、……いつにする？」

マフィレアが尋ねると、バランはあごに手を当ててしばし考えた。

「うーん、そうだな……。じゃあ、早速明日の夜はどうだい？」

「明日？　ええ、いいわよ」

マフィレアは即答する。

「よし、じゃあそれで決まりだね。明日の夜七時に広場の塔時計の下で待ち合わせよう。いいかな？」

「うん。わかった……。じゃあ明日、七時ね」

マフィレアはにっこりと微笑んだ。バランも満面の笑みを浮かべ、手を振って別れの挨拶を交わした。バランの心は躍っていた。明日への期待が、胸の中ではちきれんばかりに膨れ上がっていくのだった。

Ⅱ 騎士への思い

踊るような足取りで帰路についたバランではあったが、家に近づくにつれてその足取りは徐々に重いものになっていく。気持ちも沈んでいった。バランの落胆ぶりは、先ほどまで有頂天だったことが信じられないぐらいだった。（……家に帰りたくない）それが本音だ。家に帰れば、厳しい現実が待っている。騎士叙任試験に落ちたことを、父は今知っているだろうか。まだ耳に入っていなかったとしても、きつく尋問されるのは間違いないだろう。父ガイルは何にでも厳しい人だ。昔からラルティーグ家のしつけにも厳しいものがあった。門限は決められていたし、消灯時間までうるさく言われた。食事の時の姿勢や、言葉遣いまで厳しく注意されるのだ。今はもうバランも大人なのだからそれらに関しては何も言われることはないが……。（今父は怒っているだろうか……？）バランの不安は募る。

父ガイルは怒ると本当に怖い。今ナリティィス王国の武官を務めていて、軍事に携わっているだけあって剣の腕も一流だ。何せ、武官になる以前は騎士団の一個騎士隊隊長も務めていたのだから、弱いはずがない。今真剣に父と剣を交えたら、ほんの数秒で首を刎《は》ねられるだろう。歯向かうことは自殺行為に等しいのだ。……気が重かった。家に帰らないでいようかとも思ったが、他に行くあてなどない。それに、いつまでも逃げていては騎士を目指している者として恥ずかしいとも思う。逃げていては何の解決にもならない。バランは勇気をふりしぼり、覚悟を決めて家の門をくぐった。

家に入ると召使いがバランを迎えた。そして召使いが誘《いざな》うまま一室へと入った。その部屋の奥には父ガイルがいた。ゆったりとしたローブを纏い、丸い眼鏡をかけている。その眼鏡の奥の瞳には、怒りの念が宿っているのをバランは感じ取っていた。だが、父ガイルは何も言わなかった。無言であることが不気味だった。彼はゆっくりと椅子から腰を上げてバランの前へと進んだ。そしてバランの顔をじっと見る。バランの方はそんな父親とまともに目を合わせられなかった。うつむき、表情を強張らせたまま突っ立っている。そんな息子にガイルは話があると言い、奥の部屋に来るように言った。そして、

「今夜は客人も来ている。」

と付け足した。（客人？）バランは訝しげに顔をしかめて心の中で聞き返した。（一体誰だろうか？）そんな疑問がバランの脳裏をよぎる。その客人のところに自分を連れて行こうとするのだから、もしかすると自分と顔見知りの人物なのではないかとも思った。しかし、それが一体誰なのか、全く見当がつかなかった。父ガイルと共に隣の部屋へと足を運ぶと、その人物は二人を待っていた。その男は、客人用の長椅子に腰を下ろしていた。向きはちょうど自分達と反対側で、入り口に背を向けていたが、バラン達が入って来たのに気づくと、その人物はゆっくりと立ち上がった。セピア色をした髪が肩の下まで伸びている。癖のない長く美しい髪や端正なその顔立ちは女性を思わせたが、れっきとした男性であった。その眉目秀麗な顔の下には、きらびやかな装飾の施されたチュニックを纏っていた。その胸の辺りには、龍の形をした紋章が刻み込まれたバッジをつけている。ナリティス王国の騎士のみが着用することを許されているチュニック。この客室でバランを待っていたのは、紛れもないナリティスの騎士であったのだ。

「久しぶりだな、バラン」

若く美しい男の顔が小さく微笑んだ。バランは呆然としながら、その訪問客の顔を見つめた。

「サーディー！　……どうしてここへ!?」

現ナリティス王国の聖騎士であり、騎士隊隊長を務める男サーディー・マックラン。バランからは従兄弟にあたる人物でもある。

聖騎士とは一般的に国家に仕えずに、神（神殿）に忠誠を誓い、仕えている騎士のことだ。もう一つは、国家に仕える騎士でありながら、神の敬虔な信者であり、その神のご加護を受けている騎士のことを言う。ナリティス王国はナーガ教を国教とする国家だ。ナリティスの国王はナーガ神の化身とされているので、ナリティスの騎士は皆聖騎士に属することになる。聖騎士は神のご加護を受けている分、他の国の普通の騎士よりも尊き存在であるのだ。

サーディーがラルティーグ家を訪ねるのは珍しいし、とても久しかった。それだけにバランは信じられないというような表情を浮かべていた。そんなバランの横で父ガイルは、バランに長椅子に腰掛けるように勧めた。バランは黙ってうなずき、素直にサーディーの向かいの長椅子に腰を下ろした。ガイルもまた別の長椅子に腰を埋めると、控えていた召使いに何やら指示を送る。指示を受けた召使いは恭《うやうや》しく頭を下げると、姿勢を低くして退室していった。扉の音が部屋の中に響き渡ると、しばし沈黙があった。そしてその沈黙を破ったのは、この家の主人であるガイル・ラルティーグであった。

「サーディー君がここに来たのは他でもない。……バラン、お前のことでだ」

「僕のことで……」

　バランはちらりとサーディーに視線を送った。サーディーはその視線を受けると、視線をわずかに逸らしてガイルの言葉の続きを待った。彼の顔からは、先ほどまで浮かべていた笑みは消えていた。今はしっかりと口を閉ざして真剣な面持ちをしていた。

「そうだ、バラン。……昨日騎士叙任試験の合格発表があったはずだな。……その結果、お前はまた落選したそうじゃないか」

「……はい」

　ガイルの口調には威圧感があった。バランは正直にうなずくしかなかった。

「それをお前は私に報告しに家に帰りもせず……。どこでフラフラしていたのかは後で問うこととして、……それでお前はこれからどうしていくつもりなのか、今ここではっきり言ってもらうとしよう。今夜はサーディー君も来ていることだ。ちょうどいいじゃないか」

　バランは目を閉じた。その表情は険しい。今後のこと……。バランにとってそれが一番悩ましかった。自分は騎士になりたい。その意志は相変わらず堅い。しかし、もう家が、そして学院がそれを許してくれるとは思えなかった。騎士学院に通う学費はかなり高額だ。バランはそれを捨てているに等しい結果しか生み出していない。ガイルもそのことに怒っていたし、頭を悩ませていた。そして学院側も悩ましい問題の一つとして、バランたち期間いっぱいの留年生のことを問題に掲げているらしい。騎士学院はとにかく規律が厳しい。普段からも留年生には疎ましい視線を送ってくるのだ。一年目は学院は大目に見てくれる。だが、二年目になると名誉と誇りを重んじるナリティスの騎士学院は厳しく対応してくるのだ。二年目を迎えた騎士見習いに、希望退学を勧めてくる。希望退学をした者の名前は記録として学院に残されるし、学費のいくらかは戻ってくるらしい。それに退学後の職業の斡旋にもいくらか助力をしてくれるのだ。だから希望退学をする者も少なくはない。それで、留年生はまるまる二年留年すると、強制退学という手段をとられる。強制退学になれば、退学後のケアは一切ないし、学費は少しも戻ってこないのだ。成績の悪い者は聖王国の騎士とは認めない……。騎士学院の背景にはそういった厳しい目があることをバランも承知していた。そして、今の自分の立場がいかに悪いものなのかを、痛感したのである。だが、騎士になることはバランの最大の夢である。どうしても叶えたい夢だ。それを諦めることは、死ぬのと同然であるとバラン自身思っている。だから、可能性がほんのわずかしかないとしても、いや、全く望みがないとしても、自ら夢を諦めることを決意することは出来なかった。

「……僕は騎士になりたいです……！　どうしても、なりたいんです……！」

バランがそう答えた刹那、父ガイルの表情がさらに厳しいものになった。

「お前はまだそんなことを言っているのか……！　お前は前回も、その前も同じことを言って、結局駄目だったじゃないか……！　一体どれほどの金を無駄にしていると思っているんだ……！」

ガイルは興奮して声を荒げた。ガイルの怒りは当然だったが、バランの心の中にも怒りが疼《うず》いていた。それは自分への腑甲斐なさへの怒りであり、父ガイルへの八つ当たりの怒りでもあった。

「でも、僕は……！」

騎士になりたい……！　その言葉を飲み込んでいた。バランは苦渋の表情を浮かべる。

「バラン！　お前は本当に騎士になりたいと思っているのか!?　私にはそう思えない……！　お前のその気持ちが本物であるならば、もうとっくに合格していていいはずだぞ！」

「ガイル卿……！」

バランの父ガイルの言葉に、思わずサーディーが反応していた。ガイルの顔を見据え、サーディーは真剣な表情で首を横に振った。それは違うと、サーディーは言っているのだ。

「……僕は、僕は騎士になりたい……！　王家を、国家を守るべき騎士に、僕はなりたい……！　そのために、一生懸命努力してきたつもりです……！　これまでずっと……！」

「ならば！」

ガイルは怒鳴ろうとしたが、言葉は止まっていた。うつむくバランの頬に光るものが見えたからである。バランは下を向いているためガイルからははっきりとは見えない。だがそれが涙であることは、間違うことなくわかった。

「……バランは人一倍騎士になりたいという思いが強い。その情熱は誰よりも……。それはこのサーディーもよく知っています。そして、そのために血の滲むような努力をしているということも……」

ガイルは絶句した。バランがそのようにしてきたことを、実はよく知らなかったのである。普段忙しいためにバランとは話をする機会がかなり少ない。それだけに理解不足であった。ただ、今まで生活してきた中で、父ガイルにはバランの懸命さがあまり感じられなかった。だから、バランを避難するような言葉を吐き出してしまったのだ。ガイルは怒りのぶつけ先を失ってしまった。と同時に、今の言葉を発してしまった後悔の念も生じていた。複雑に感情が入り組んでしまい、どうしたらよいものなのかわからなくなってしまったガイルは、静かに部屋を出ていってしまった。そして入れ代わるようにして召使いが部屋に入ってきた。主人の恐ろしい形相に怯えてしまったのか、運んできた紅茶をのせた盆が、カタカタと震えて音を立てていた。召使いは紅茶をサーディーとバラン、そして先ほどまでガイルが座っていた場所に差し出すと、背を低くして退室していった。そしてしばし、沈黙があった。

「バラン……」

サーディーに話しかけられて、バランは目元の涙を袖で拭《ぬぐ》った。たった一筋だけ流れてしまった涙だ。拭うのに苦労はしなかった。ただ、涙と悔しさとで目は赤く充血していた。

「バラン、君の気持ちはよくわかる。この私も騎士だからな……。しかし、ガイル卿の気持ちもわかるのだ。ガイル卿はバランの将来を心配するあまりに……」

「それは違う！」

サーディーの言葉をバランが遮った。

「……父は……、父はただ世間体や通学にかかる費用を気にしているだけだよ……！　父は、ちっとも僕のことなんか理解していない。……そうさ、僕なんかどちらでもいいからさ。僕は次男なんだ。後継ぎである兄様がいればそれで……！」

「バラン……！」

サーディーが叱責するような口調で言った。そしてバランはそれ以上は言葉を続けはしなかった。

「……バラン。今日私がここに来たのはまさにこの事についてなんだ。私は騎士学院の学院長とは友人で、今までよろしく頼んできたのだが、もうそれも限界にきている。学院長は騎士学院の名誉と伝統を重んじておられ、留年生に対しては厳しい目を向けている。……私でももう、これ以上はお願いすることは出来来ない」

サーディーの表情は苦悶に満ちていた。この事実をバランに告げるのがとてもつらそうに見えた。それもそのはず、この話はまさにバランの夢を奪うものであるからだ。

「……強制……退学になると……？」

バランはサーディーの顔を覗きこんで尋ねた。サーディーは一度答えるのを躊躇したように視線を宙に漂わせていたが、すぐにしっかりとバランの目を見据えてゆっくりとうなずいた。それを見届けて、さらにバランの気持ちは沈んだ。バランの向き合う現実は、もっと苛酷なものになっていく。その現実に打ちのめされたように、バランは悲しみの深淵にあった。そんなバランの様子を見て、サーディーもつらそうに表情を曇らせた。

「バラン。私も出来る限り力になってあげたい。……だから、今一度お前の気持ちを確かめておきたいのだ」

「僕の気持ち……？」

「そうだ、お前の気持ちだ。……お前が騎士に対して抱いている思いだ」

そう言われてバランは一度視線を落とした。うつむくバランの唇はかすかに震えていた。騎士に対しての自分の気持ちが今、バランの心の中で大きくなっていく。そしてバランは意を決したように正面のサーディーを見据えた。

「僕は、……！　騎士になりたい……！　国王のため、王国のため、そして正義のために命をかける騎士に僕はなりたい……！」

バランは真剣な思いをサーディーにぶつけた。サーディーはそれを正面から受け止めてその真意を探ろうと厳しい視線をバランに向けてきた。静寂がしばし部屋の中を支配する。

しばらくしてサーディーの表情は緩み、笑みをこぼして重苦しい空気はかき消された。

「……わかった。お前のその気持ちは今も変わらず本物であるな……」

そう言ってサーディーは立ち上がった。長椅子の上に置いておいた剣を手に取り、剣帯へと差し込んだ。

「サーディー？」

「バラン。騎士学院の学院長には今一度お願いしておこう。それにガイル卿の方も何とか説得してみるつもりだ。……お前自身もガイル卿とはよく話をしておくことだな」

バランの表情は一変して明るくなった。まだ希望がある。ただそれだけで嬉しくてたまらなかった。

「……ただバランよ、チャンスは本当にあと一度だけだぞ。それで駄目なら潔く諦めるのだぞ」

チャンスはあと一度。その言葉がバランに重くのしかかった。嬉しい反面、苦しいほどの緊張感がバランの心を苛《さいな》ませていた。その緊張気味のバランを見てサーディーは小さく微笑んだ。

「何……。お前ほどの男が今までどうして受からなかったのか、そのほうが不思議だ。お前のように国を愛し、国王に忠節な男は騎士になるのにふさわしいとわたしは思っているよ」

そう言ってサーディーは入り口に向かって歩を進めていた。バランも立ち上がり、その後に続いていった。バランの心から重圧がなくなっていく。チャンスが生まれたことと、そして一個騎士隊隊長であるサーディーに「騎士になるのにふさわしい男」であると認められたからだ。このチャンスを二度と潰してなるものかと、バランは堅く決意をしていた。

「うおおおっ!!」

雄叫《おたけ》びが周囲に響いていた。そしてガキーンという甲高い金属音。剣と剣が交じり合う音だ。それが交互に連続してこの稽古場にこだましていた。騎士見習いのバランは、刃を削った練習用の剣を握り、鬼のような形相で攻撃を繰り返していた。バランの前で、友人であるゴムスが必死になってその連続攻撃を剣で受け止めていた。何しろ今日のバランの練習に対しての意欲は驚くほどに大きい。それは騎士叙任試験に落ちて、気持ちを前向きに切り替えたからだろうか。凄まじい熱気がバランから感じられる。ただ、これは騎士になりたいがための情熱だけでなく、何か怒りのようなものも感じられた。ゴムスはバランの迫力に圧倒された。バランの繰り出す一撃一撃が重い。相手を潰さんばかりの力を剣に込めている。この調子では稽古どころではない。間違えば大怪我、死に至る事故を起こしかねない。ゴムスはバランの稽古相手を引き受けたことを後悔した。

「……バ、バラン。何をそんなに怒っているんだ……!?」

ゴムスは必死になって剣を受け止めながら、バランに問うていた。だがバランは何も答えなかった。

二人が剣を交えているその周りでは、多数の騎士学院の学徒たちが円の形をつくって腰を下ろしている。そして、二人の剣の稽古を見学していた。騎士学院では、剣の修行も授業の一環だ。二人がペアになって剣の試合を行うこともある。今日はゴムスとバランがペアになって円陣の中で剣を交えていた。今日のバランの剣には情熱よりも怒りが感じられた。それは剣の相手をしているゴムスも、周囲で見ている学徒達も感じ取っていた。

「この前のことなら謝るよ、バラン。女の子と話が合っちゃって、ついつい……」

バランの剣が強く振られて、それを剣で受けたゴムスであったが勢いのあまりに体勢を崩してしまった。その隙《すき》をついてバランは第二撃目を振るう。その攻撃でゴムスの剣を手元から弾き飛ばし、それに第三撃目をゴムスの頭上に振り下ろした。ゴムスは目をつむって肩をすくめた。バランの剣は彼の顔面でピタリと止まっていた。

「勝負あり！」

審判を務めていた騎士見習いの男が旗を上げると、周囲から歓声と拍手が起こった。その中でバランとゴムスは激しく息を切らしている。二人はすぐに所定の位置に戻ると、騎士が行う一礼をした。

それが終わると今日の修行は終了を告げられて解散が命じられた。それからすぐにゴムスはバランのところに駆け寄っていく。機嫌を伺うようにチラチラとバランの顔を覗きこんだ。まだバランは憮然とした表情をしていた。だが、剣を振りまわしていた時よりは幾分穏やかになっていたようにも見えた。

「ごめんよ。バラン。今度ちゃんと飲み直そう」

バランはちらりとゴムスの顔を一瞥すると、自分の荷物をまとめ始めた。

「……いいよ。そのことなら、もう」

「ま、まあ、そう言わずにさ。……そうだ。今夜はどうだ？」

バランは自分の荷袋に手袋や手拭いなどを詰め込み、紐で先を綴じた。そして肩越しに背負うと、ゴムスに背を向けて歩き出した。

「今夜は無理だ。また今度な」

そっけない態度で去っていくバランの背を、ゴムスは呆然としながら見続けていた。

Ⅲ　夢と恋心の狭間で

青い空が朱色へと変化を遂げていく。太陽が山に帰って一日の疲れを癒す時間だ。この太陽の帰宅に合わせて、地上の人間達も仕事を終わらせて家に帰るのだ。この時間帯になると、帰路につく人々で街路は喧騒に包まれている。男性の多くが帰宅後の一杯を楽しみに帰路につくだろうし、女性も夕食の準備に忙しいことだろう。時間は経過するに従い、空の朱は闇の色に徐々に変わっていく。その日が終わってしまうことの寂しさを思わせる、夕焼けという余韻を残して太陽は姿を隠していくのだ。光の象徴でもある太陽が姿を隠すと、世界は夜という暗黒色のカーテンで覆われる。それを恐れるかのように、日中に比べて夜間は人々の数が極端に少なくなる。皆本能的に闇を恐れ、暖かく明かりの灯る家に留まって闇が消えるのを待つのだ。その間に家庭で団欒を楽しみ、そして一日の疲れを癒すのだ。それが通常人間という種族が送っている生活なのだ。ある別の種の動物と違って、日中に行動して夜間は家で休むというのは、人間という種族が光の神でもある龍神ナーガに属する種族であるからだといえよう。反対に、夜間に活発に行動をする種族の動物たちは、暗黒神ファフニールに属するものといえるだろう。はるか昔、神魔大戦と呼ばれる神々の大戦があった。それは光と正義の象徴龍神ナーガと、闇と混沌の象徴暗黒神ファフニールの戦いであった。太古の昔から、この対極の神々は争いを続けてきた。だが、双方とも力は偉大で、決着はついていないといえる。なぜならば、世界は今でも光と闇で二分されているからである。朝と夜という、相対する二つのものに……。光がある限り、闇もまたある。正義がある限り、混沌もまた存在するのだ。それは、朝と夜という、自然現象が見事に表しているといえるだろう。

太陽が隠れて、暗黒神ファフニールの時間帯が訪れた。空には一番星に続いて続々と星々が姿を現して闇のカーテンを飾っていた。龍神ナーガを崇拝しているナリティス王国の国民は、朝と夕にはナーガへの祈りを行う。朝の祈りでは朝が来た事を感謝して、一日のご加護を願うのだ。そして夕の祈りでは一日の無事を感謝して夜の闇からの加護を願うのだ。夕方になると、人々はひざまずき、神殿のある方角を向いて祈りを捧げる。そしてさらに時間は経過し、王都バーハラの中心部にある広場の塔時計が、七時を知らせる鐘を鳴らすのだった。

バーハラの塔時計は大きな建造物だ。大理石もふんだんに使われている建物で、建築するのに相当な高額の費用を費やしたものだ。しかし、バーハラの塔時計は建築にかかった費用にふさわしいだけの利用価値があるのだ。この世界では裕福な家以外には時計というものが存在しない。街の人々はこの塔時計の時針によって時間を知ることになる。王都の外れに住む人々にわかるように、町の建物中で最も高くつくられており、四角柱の建物の四面に時計があるのだ。この塔時計は国民に愛されている。塔時計の下には美しい花が咲き乱れる花壇が設けられており、主に待ち合わせの場所として頻繁に利用されることから、幾つか長椅子が置かれている。その脇には塔時計の修理と管理を行う職人が滞在する小屋が設けられていて、一日を通じてここから人気がなくなるのは皆無に等しい。七時の鐘が鳴る少し前から、塔の花壇の前で立ち尽くしている男の姿があった。初めはぼうーっと遠くを眺めていることが多かったが、鐘が鳴ってからはせわしく周囲に視線を配っている。明らかに誰かを待っている仕草だ。青年バラン・ラルティーグだった。彼は今夜七時に女性と待ち合わせをしていた。彼は今夜、センスのよい私服で着飾っていた。今は剣や鎧といった物騒なものは身につけていない。ただ、騎士見習いとして、この世界で生きる戦士の常識として、短剣だけは懐に携帯していた。だが、約束の時間になっても彼女は現れなかった。それから十五分くらい過ぎた頃に、ようやくその女性は姿を見せたのだった。

「ごめんなさい……！　支度に時間がかかってしまって……」

「ううん。全然平気さ。……僕もさっき来たばかりだから……」

バランは彼女がちゃんと来てくれたことにホッとすると、彼女の可愛らしい容姿に心ときめかせていた。薄い緑色のドレスを着て、小さな吊るし袋を手から下げていた。ブロンドの髪は後頭部でまとめられていて、露《あらわ》になった首からは薄く透き通ったような水色をしたペンダントが飾られていた。バランにとって少々残念だったのは、ドレスが首の近くまで肌を隠していて露出が少ないことだったが、それでも十分過ぎるほどマフィレアは美しかったし、色っぽかった。彼女に会って心臓が激しく高鳴ったが、バランはそれを気づかれないようにと平静を装った。マフィレアは塔時計を見上げてからバランの横に並んだ。

「もうこんな時間になっちゃったのね。……早く行きましょう」

マフィレアはそう言ってバランの腕を取った。そして二人は少々急ぎ足になって行き交う人々の間を縫って塔時計から離れていった。

「私ね、最近できたお洒落な料理店を知っているの……」

「よし、じゃあそこに行こうか」

　そう話をしながら街路を北上していった。

　マフィレアの言う最近できた洒落た料理店というのは、王都バーハラの中心部からやや北東側にあった。待ち合わせた広場から中央街路を北上して、右手に見える学院を通り過ぎたところにある道を右折する。すると料理店はその道の左手方向に見えてくるのだ。彼女が言うには、今とても人気がある料理店だということだ。王都バーハラでも噂の店であるらしいが、そんなことを一切知らなかったバランは自分の世間知らずを恥ずかしく思った。休日の日はもちろん、平日も店は客でいっぱいだそうだ。バラン達二人が料理店に着いた時、何人もの客が店の外で順番待ちをしていた。しかし、この日は普段に比べれば全然マシなほうらしく、しばらく待ったら席が空き、中に入る事ができた。特に混んでいる日は外に長い列を作ることがあるらしい。そうなれば、優に何時間も待たなければならないだろう。バランはそうまでして並んで待つ人の心情が理解できないと思った。自分はどちらかというと、食べられるなら何でもいいというタイプの人間だ。空腹を我慢してまで長い時間待つなどバランには耐えがたいことだった。幸い今日はそんなに待たずに入れたので、そんな苦痛を味わわなくてすんでよかったと思った。

　バラン達二人は店に入って右側の壁際の席に座り、ホッと息をついた。そして机の上に置かれたメニューが書き込まれている羊皮紙を覗きこんだ。バランは、メニューに載っている料理はほとんど知らないものばかりなので、適当なものを選んで決めた。マフィレアは嬉しそうな顔をしながら、あれはこれはと小さくつぶやき、かなり悩んだ末に決めた。そしてバランが忙しそうに歩き回っている給仕娘をつかまえて注文をした。給仕娘は注文を受けるとすぐに去っていった。そんな彼女の背を見送ってバランは小さくため息をついた。

「とても忙しそうだ。これだけ混んでいるとやっぱり大変なんだろうな」

バランはキョロキョロと周囲を見渡す。席は全てぎっしりと埋まっていた。店内は酒場と違って上品な雰囲気があるため、訪れる客も品のある人が多いようだ。大声で騒いだり、下品な声を上げているような者もいない。それがこの料理店の人気の秘密なのではないかとバランは思っていた。「なるほど」と、バランは心の中で納得する。そして店の上品な雰囲気をとても気に入っていた。いつも通っている酒場とは根本的に違う。騎士にはこの料理店のような店のほうがお似合いだろうと思う。単純なバランはここにいるだけで騎士になったような気分を味わうことができた。にんまり微笑むバランを見て正面の席に座るマフィレアは言った。

「私もここへ食べに来るのは初めてなの。でも足を運んだのはこれで二度目よ」

一瞬彼女が言っている意味が理解できず、バランは怪訝な顔をした。その顔を見てマフィレアは意地悪そうに小さく笑った。そしてテーブルの端に立てられている一輪挿しを指差した。その一輪挿しからは黄色い花が伸びていた。

「これよ。……開店前にお花の注文があったの。つまり仕事で一回この店に来たの。だからここに来るのは二回目だけど、食べに来るのは初めてなのよ」

「なーんだ。そういうことか……」

頭を小さく搔いて笑った。マフィレアも満足そうに微笑んでいた。周囲を見渡すと、店の各所に花が飾られていた。開店して間もない店だけあって、花はどれもデザインの凝った花瓶によって飾られていたが、花の生気みなぎる美しさが印象深く花瓶の良さなど陰に埋もれていた。そんな美しい花を提供したのがここにいるマフィレアであると思うと、なんだかうれしい気分になった。周囲に目を配らせて気づいたことだが、この料理店を訪れる客は若者が多い。洒落たところが若者を引きつけているのだろう。その多くが恋人同士だ。なかには所構わずイチャイチャしている恋人達もいて、目の行き場に困らせられる。そんな連中に囲まれていて、バランはふと自分達のことを考えた。バラン達は恋人同士ではない。つい二日ほど前に出会ったばかりの浅い関係だ。決して恋人関係でもなく、肉体関係もない。しかし、傍から見ればきっと恋人同士に見えるに違いなかった。そう思うと気恥ずかしかった。ちょうどそんな考えを巡らせていた時、マフィレアも横のテーブルの恋人達に視線を向けていた。その恋人達は料理店であるにもかかわらず体を寄せ合ってイチャイチャしていた。そんな彼らは店中の客たちの視線を集めてしまっているようだ。マフィレアが視線を戻すと、バランと視線が合った。まるで気まずいものを見てしまったかのように苦笑いを浮かべて、そのままうつむいてしまう。そんな彼女の顔が少し赤らんで見えたのは、バランの目の錯覚だっただろうか。いずれにしろ、周囲の恋人達の存在が、バラン達二人に男と女であることの意識を強く感じさせる羽目になっていたのだ。

なんだか気まずい空気が二人の間に流れ、しばらく会話が途切れた。そして給仕娘が飲料水と注文した料理の一つを運んできて、二人の間の緊張感がやっと破れる。

「まあ、おいしそう」

マフィレアが感嘆の声を上げたのをきっかけに、バラン達の間に最初のゆったりとした雰囲気が戻ってくるようだった。その時バランの腹が空腹を訴えて鳴った。それもまた緊張感を和らぐのに一役買って、雰囲気は良いほうへ良いほうへとつくられていった。

「空腹でどうしようもない。もう、我慢できないな」

次に給仕娘が料理を運んでくると、素早く受け取ってすぐに料理を口へと運んだ。変わった味つけをしてあった魚料理だったが、バランの口にはぴったりだった。二人は周囲の恋人達のことなど忘れて、次々と料理を口に運んでいくのだった。


「マフィレアさんって引っ越してきたんだよね？」

食事をとりながら続けていた会話の中で、そんな質問がバランの口から発せられていた。

「え？　どうして」

突然の質問でマフィレアは食べ物を口へ運ぶ手を止めて聞き返した。

「あ、ほら。……だってこの前酒場でそう言ってただろ？」

マフィレアはしばし宙に視線を漂わせてからうんうんと何度もうなずいた。

「うん、言った言った。そうよ、最近越して来たの。このバーハラにはね……」

そう答えてから胸元まで運んでいたスプーンを口の中へと入れた。

「あ、それから、私のことはマフィレアでいいわ。私もバランって呼ぶから……」

「あ、ああ。ありがとう……」

バランはそう言って頭を掻いた。マフィレアがそう言ってくれるのはうれしかったが、敬称を付けないのは正直なところ気恥ずかしくもあった。バランはひと口葡萄酒を口に運んでから、話を続けた。

「……それで、マ、マフィレア……は、どこから引っ越して来たの？」

バランが照れながらも言うと、

「……さあ、どこでしょう？」

マフィレアはそう答えて小さく意地悪そうに笑った。だが彼女の性格が性悪なわけではない。ちょっとした意地悪なだけだが、それが妙に愛らしくバランの瞳には映っていた。

「うーん。そうだなぁ……。北の聖都キニア……かな？」

「ブー。はずれよ」

マフィレアはそう言って首を振る。ずっとハイテンションを保ってきた彼女だが、わずかにうつむき気味になって急に声が小さくなる。

「……私の母国はブラバーなの。……ブラバー王国から移り住んできたのよ」

「隣国ブラバーから？」

バランの顔は驚きでいっぱいだった。今ブラバー王国のいたる場所で紛争が起きているという。王位継承をめぐって貴族同士の戦争が勃発したのをきっかけに、それに続いて民族争いも数々勃発し、現在ブラバー全土で戦争が起きているらしい。数多くの村や町が戦火を浴びて、多くの国民が命を落としているという。戦争で荒れた母国を捨てて他国へと逃れる人々も多いという話だ。その増加は経済にも大きく影響してくる。豊かであるナリティスもそのうちこの難民問題に対策を練っていかねばならないだろう。ブラバーが今戦争で荒れていることは大陸中の人々が知っている。目の前のマフィレアがブラバー王国出身であるということは、彼女もその難民の一人ではないかとバランは思った。

「今ブラバー王国は紛争で荒れているって……。じゃあ君も……」

バランの問いにマフィレアは小さく首を振った。しかしその表情は暗い。

「ううん。私がブラバー王国に住んでいたのは十年ほど前のことなの。それからはブラバーの国境近くにあるナリティスの村に住んでいたの。……最近になってこの王都バーハラに憧れて、引っ越してきたのよ」

「なんだ……。そういうことか……。君もてっきり紛争の被害者かと……」

バランは自分の単なる思い過ごしであったことを知って胸を撫で下ろした。

「昔は何をしていたの？」

「え？　昔？」

「そう。今は花屋さんで働いているだろう？　引っ越す前は？」

「同じよ。引っ越す前も花を売っていたの」

そう答えてマフィレアはにっこり微笑んだ。

「へえ、ずいぶん花が好きなんだね」

「……うん。花に囲まれていると、不思議と心が落ち着くの。寂しい時、悲しい時だって、花の傍にいて、花の香りに包まれていると、心が和んでくるの。……だから、私は花が好きなのよ」

マフィレアの表情は至福の笑顔で満ちていた。マフィレアが花のことについて語る時は、いつもこのような幸せに満ちた明るい表情を見せる。彼女の花に対する思いがとても深いものであることを、バランは感じていた。

「特に何の花が好きなの？」

バランがそう尋ねると、マフィレアは笑顔のまま考えを巡らした。だが彼女が答える前にバランが言葉を続ける。

「よし、僕が当てて見せるよ」

「え？」

バランは覗き込むようにしてマフィレアの顔を見た。

「ずばりラベンダーだね。……違う？」

マフィレアは一瞬驚いたような表情をしてぽんと手を強くたたいた。

「すごい！　なんでわかったの!?」

「だって、君の体からはいつもぷんぷんラベンダーの香りが匂ってくるからさ」

「……あ」

マフィレアはそう言って自分の体の匂いをくんくんと嗅ぎ、吹き出すようにして笑った。

「そうよね。いつもラベンダーの香水をつけているから……」

香水は今の時代、女性達の間で結構はやっているのだ。香りによって値段もかなり上下するが、平均しても結構高額である。スラム街に住んでいる貧しい婦人にはなかなか手が出せない代物だ。主に貴族の人間や、裕福な家の女性が使用している。

「……これが唯一の贅沢……かな」

マフィレアはそうつぶやいた。バランは花についてあまり詳しくないが、ラベンダーのような一般的によく知られている花ぐらいはわかる。バラン自身もラベンダーの香りは好きであった。そんなラベンダーの香水を好んで身につけている目の前の彼女が、なおいっそうお洒落に思えてきた。

「それに、このロケットの中にはラベンダーの花が入っているの。つまり一種のポプリね。ここからも香りがするのよ」

「ロケット……？」

マフィレアはそう言って首から下げている金属製の装身具を手に持って見せた。バランがただのペンダントと思っていたのは、実はロケットだったのだ。この時世、一般的には大切な鍵や丸薬などを入れておくものだが、彼女は花を入れてポプリ状にしているというのだ。バランはその意外性に感動した。

「へえ、すごいなぁ。そんなの初めて見たよ」

「私の母のアイディアなの。……このロケットはね、ミスリル銀で作られていて、すごく軽いのよ」

「ミスリル銀で……？　すごいなぁ。それにマフィレアのお母さんのアイディアだなんて、たいしたものだね」

ミスリル銀で作られたロケットは、透き通るような水色をしていてとても美しかった。ミスリル銀とは、希少金属の一つである。透明感のある水色をした金属で、強度は鋼鉄よりも硬い。それなのに鉄よりもずっと軽いというのが大きな特徴であるのだ。ミスリルは加工し易く、あらゆる防具やアイテムの材料として使われている。ただ、大量に採掘できない金属であるから、ミスリルはとても高額なのだ。バランはマフィレアのそのロケットを手にとってよく見せてもらった。ハートの形をしたミスリルのロケットには、幾つか穴が開けられている。その穴から中に入れられている花の香りが漂ってくるのだという仕組みを知ることができた。そのロケットをマフィレアは大事そうに両手で包むように持った。

「……これはね、私の宝物なの。父と母が残していってくれた、大事な形見の品なの……」

「……え？　形見？　……じゃあマフィレアの両親は亡くなったのかい？」

バランの質問に、マフィレアは神妙な面持ちでうなずいた。そして胸元のロケットを優しく撫でる。

「私の両親は、私がまだ幼い頃に病気で死んだの……」

「……そ、そうだったのか……」

マフィレアの表情は暗い。バランはそれ以上かける言葉が思い浮かばなくて、黙っていた。そしてしばし重苦しい沈黙があったが、マフィレアがその沈黙を破る。

「……さあ、私のことだけじゃなく、あなたのことも聞かせて。ナリティスの騎士様」

「え?」

マフィレアが笑顔を取り戻してそう言った。その一言で、バランの胸がグッと締め付けられる思いがした。先日、マフィレアには酒の酔いのせいもあって自分は騎士であると大嘘をついてしまっていたのだ。しかも今に至るまで、真実を打ち明けてはいない。彼女の何気ない一言が、バランには重苦しくて仕方なかった。

「あ、ああ。そ、そうだね。……えっと……」

バランは激しく動揺していた。口が異常なほどども、、、ってしまい、そのことがなおいっそうバランを焦らせていた。バランはここで真実を打ち明けてしまおうかと思った。だが、ためらった。もしここで騎士であると嘘をついていたことをばらしてしまうと、マフィレアに嫌われてしまうかもしれないと思ったからだ。もしかすれば、マフィレアは自分が騎士であるから親しくしてくれているのかもしれない。だから自分なんかに話しかけてきてくれたのかもしれないと思った。確かに騎士は気高い存在であり、一般女性にとって憧れの存在であるかもしれない。騎士であるからこそ、心ひかれる女性も少なくはないはずだ。面前のマフィレアがそんな女性の一人であるならば、嘘がばれた瞬間から自分はどんな目で見られるか、想像するだけで恐ろしい。可憐なこの笑顔を二度と見られなくなるのかと思うと、胸が苦しくなる。だから、バランは真実を打ち明けることが出来なかった。

「僕は、実は騎士になって間もないんだ。騎士の中でもまだまだ下っ端だし、たいした活躍なんてしていない。……でも、心だけは……、気持ちだけは上級騎士や近衛騎士に負けてはいないと自分では思っているんだ。僕は国を愛しているし、王家には心から忠誠を誓っている。この思いは、絶対に誰にも負けない。騎士として、命を張っているんだ」

バランはそう語ってから、自分が熱弁をふるっていることに気づき、恥ずかしくなった。一人で熱くなっていて、面前のマフィレアがおかしく思っているのではないかと心配になったが、彼女はそんな様子もなく、穏やかな表情でじっとバランの顔を見つめているだけだった。

「私わかるよ、バランさんのその気持ち……。バランさん、とても真剣そうだもの……。その思いが強いってこと、すごく感じるよ。……そんなところ、私好きかな……」

「え？」

バランは自分の顔が赤くなっていくのを感じた。手で顔を隠したいくらいだった。純情なバランは「好き」という言葉を聞いただけなのに、恥ずかしくてこれ以上マフィレアと視線を合わせ続けることができずにいた。バランがそんな反応をするものだからマフィレア自身も恥ずかしくなったようだ。彼女の顔もほのかに赤くなる。バランはマフィレアの言う「好き」という言葉が、どれほど真剣なものなのかはわからなかったが、今は自分に好意があるということが知れただけでも充分に幸せな気分だった。

「……あ、そうだ。マフィレアは『アニマの丘』って行ったことはあるかい？」

「アニマの丘……？　いいえ、初めて聞いたわ」

そう聞いてバランはにっこりと微笑んだ。

「アニマの丘は王都バーハラから西に行ったところにあるんだよ。ほとんど人が訪れない場所なんだけど、とても素敵なところなんだよ」

「そうなの？　……でも王都の西って海じゃなかったかしら……？」

王都バーハラは細長い半島に存在している。だから王都から西も東も南も海で囲まれているのだ。唯一陸続きなのは北だけであるのだ。

「うん。その海の向こう側にあるんだよ。一度北に迂回していかなければならないから半日かかってしまうけどね」

王都の西にはフェリックス湾があり、その湾を挟んで西に見える陸にアニマの丘と呼ばれる地があるのだ。

「アニマの丘には美しい花畑が広がっているんだよ。今度、一緒に行ってみないか？　きっとマフィレアは気に入ると思うんだけど……」

「本当に？　……うれしい……。ぜひ、行ってみたいなぁ」

「よし、今度行こう」

バランの心は弾んだ。マフィレアとまた会う約束を交わすことができたのだ。会うのは今夜が最後ではない。それが無性にうれしかった。マフィレアの笑顔を見ていると、不思議なことに心が和むのだ。そう、人が美しい花を見ている時のように、心が穏やかになって、そして幸せを感じるのだ。マフィレアは不思議な存在だった。花のように美しくあり、天使のようにさえ見えることがある。これは、恋なのではないかとバラン自身も気づきつつあった。バランの心は徐々にマフィレアにひかれていくのだった。

それからもバランとマフィレアの会話はそれなりに弾んだ。互いに共通してる何かを、双方が心の中で感じ取っていた。最近身の回りで起きた出来事などを語り合っていると笑いも弾けた。傍から見れば本物の恋人同士に見えるだろう。けれどバランのマフィレアに対する後ろめたさは、いつになっても消えなかった。彼女に自分は騎士であると大きな嘘をついている。そのことが正義に殉ずるナリティスの騎士になろうとしている人間のやることなのかと、自分自身を恥じていた。マフィレアとはだんだん打ち解けることができて、親しくなることができている。しかしその分、嘘がばれてしまった時のことが恐ろしかった。よい関係ができつつある今、嫌われるのが怖くなったのだ。だから素直に真実を告白することもできなかった。今となってはもう嘘をついた事実は消せない。心にどんよりと重く暗い霧を垂れ込めながら、バランは食事を続けた。(でもいつかは話さなくてはならない……)そう思っているが今はどうすることもできず、二人はこの日も次に会う約束だけを交わして別れたのだった。

その夜のこと。王都バーハラで再び暗殺事件が起きてしまった。殺害されたのはナーガ神殿の若い巫女であった。夜自宅で寝間着への着替え中に刃物で全身数カ所を刺されて殺害されたのだ。彼女は翌日家を訪ねてきた友人に発見されたのだった。これで暗殺者に殺害されたのは四人目である。今回の事件で、暗殺者への対策組織に宮廷魔術師のモドルフ・アドラーが加わったという噂が流れた。難航している捜査に魔法の力も加えて事件を解決しようという動きなのだ。ついに、王国は総力を持って暗殺者を捕まえることを決意したのだ。宮廷魔術師モドルフが捜査に加わったことを聞いて、国民は安堵した。彼の魔力は偉大だ。それは国民の誰もが知っている。これで犯人が捕まるのも時間の問題だと、国民は期待で胸を膨らませたのだった。

緑の草原を、一頭の馬が駆けていた。その背には二人の男女が跨っている。バランとマフィレアだった。二人は暖かい陽光が差す大地を、気持ち良さそうに風を切って駆ける。この広大な草原には、二人の他に誰の姿もない。広々とした大地を我が物のように走り回るのはまさに爽快な気分だった。二人の行く先はナリティス王国の西にある高原。そこにはアニマの丘と呼ばれる場所がある。王都バーハラからは馬で駆けて半日はかかる距離だった。バランは自分の後ろにマフィレアを乗せて、早朝からアニマの丘を目指して駆けていたのだ。緑一色で染められている草原を越えると、小川があった。バランとマフィレアはそこで馬から降りると、しばしの休憩を取ることにした。この小川は近くにある山を水源とする水の流れだった。流れは緩やかで、水位は成人の膝ほどしかない。しかし水は透き通るように綺麗で、小魚が気持ち良さそうに泳いでいる。馬から降りたマフィレアは、小走りで小川まで行った。小川の水を両手ですくうと口に運び、乾いた喉を潤した。バランも近くの岩に馬の手綱をつなぎとめると、マフィレアと同じように川の水をすくって飲んだ。川の水は思ったよりも冷たくておいしかった。バランとマフィレアの二人は近くの岩に腰を下ろす。そして大きく深呼吸をする。山の近くまで来ると、やはり町とは空気が違う。町は多くの人間が生活をしているし、鍛冶場なども多くあるので空気は澱んでいる。でも、ここは違う。空気が澄んでいる。二人は新鮮な空気を胸にいっぱいに取り込むように大きく深呼吸をした。それから、バランは遠くを指差してマフィレアに言う。

「あの山を越えると高原があるんだ。そこにはアニマの丘があるんだよ」

「じゃあ、もう少しね」

マフィレアは笑顔で答えた。

それからしばらくの休憩の後、再び馬に乗る。目の前の山は決して険しいものではない。それに迂回するように進んでいくので、まったく難はないのだ。この小川からアニマの丘に行くにはそう時間も要しない。しばらく馬を走らせると、山を越え、草原が見えてきたのだ。その先は丘陵になっている。丘陵が見え始めると、バランはさらに馬を速く走らせた。丘の中心には一本の大きな木が立っている。それを囲むようにして色とりどりの花が咲き乱れていたのだ。そこまで来るとバランは馬を止めた。この一帯の光景を見て、マフィレアは「わあっ」と、感嘆の声を上げた。馬の背から飛び降りると、草むらの上を走り出す。

「綺麗……！」

マフィレアは決して花を踏みはしない。花のない草の生える大地を速足で駆けていく。

「すごい……！　こんなに綺麗なんて……。……ねえ、バランも早く来てみて……！」

マフィレアに急《せ》かされて、バランも馬から降りた。馬を木につなぎとめると、マフィレアの後を追った。マフィレアはうれしそうにはしゃいでいる。その姿はまるで少女のようだった。近くの花を見て、あれはこれはと、つぶやきながら笑顔を振りまく。そんなマフィレアを見ていると、バランもうれしくて仕方がなかった。マフィレアは花に囲まれていると生き生きして見える。そして、花のほうもマフィレアが近くにいるといっそう生き生きして見えるのだから、なんとも不思議な感じだった。

「ねえ、マフィレア。ここがなぜアニマの丘という名前なのかわかるかい？」

「え？　……いいえ、わからないわ」

マフィレアがそう答えるとバランは花々を指差す。

「この花だよ。……アニマって昔の言葉で『生命』という意味があるらしいんだ。だから……」

「そっか……！　花は命……！　だから生命の丘っていうわけなのね……！」

「そういうこと」

バランはにっこりと微笑んだ。マフィレアもうれしそうに笑う。それからバランはこの丘に一本だけ立っている木の元へ進んでいく。その木の横に立つと、遠くを眺める。

「マフィレアも来てごらんよ！」

「え？」

バランに呼ばれてマフィレアは彼の元へ行く。バランの横まで来ると、バランは遠くを指差した。その指の先をマフィレアもたどって見ると、海が見えた。フェリックス湾だった。その湾の向こうには陸が見える。陸の上には街壁に囲まれた大きな街があった。王都バーハラである。

「わあ、王都バーハラね……！　私たちはここまで来たのね……！」

王都バーハラはマフィレア達がいるアニマの丘からは低い位置に見える。この丘の方が高い所にある証拠だった。王都バーハラと、フェリックス湾を見下ろす感じで周囲の風景を眺める。その右手方向には広大な海が広がっていた。青々と澄んだ大海だ。この海はどこまで続いているかはわからない。海の果てなどないかのように、海は延々と広がっていた。その海の上を数多くのカモメ達が自由に飛び交っているのが見える。とても美しい風景だった。バランとマフィレアはしばらくその大自然の美しさに心を奪われていた。

「綺麗ね……」

マフィレアはポツリとつぶやいた。二人はその場に腰を下ろして、休んだ。

「本当に綺麗……。こんなにいい所があったなんて全然知らなかった……」

「意外とこの場所は知られていないんだよ……。街や村から結構離れているからかな……。でも、よかった。気に入ってもらえて……」

「素敵よ……」

暖かい陽光が二人を包む。海の方角からは風が吹いてくる。その風で木の葉や花々が揺れる。体を愛撫するような風はとても心地よかった。マフィレアはバランの肩に身を預けるようにして寄りかかった。バランは緊張で胸が高鳴った。

「……ありがとう、バラン。ここに連れてきてくれて……。本当にありがとう……」

「……ううん」

バランは首を振った。(礼なんていらない……。今こうして、マフィレアと一緒にここへ来られたことは僕にとってもすごくうれしいことだし。礼なら、僕のほうが言いたいくらいだ。一緒に来てくれたことに……。すごく楽しいから……)バランは心の中でそう言った。そしてバランは近くに咲いていた黄色い色をした花を摘み、マフィレアの髪に挿してあげた。マフィレアはうれしそうに微笑む。

「似合う?」

「……ああ。とても」

マフィレアは満面の笑みを浮かべて立ちあがる。

「ありがとう……!」

そう言って花畑のほうに歩いて行く。バランもその後に続いた。彼女はとても楽しそうだった。笑顔を振りまき、笑い声が周囲に響いている。そしてマフィレアは今一度面前に広がる花を見渡してからバランと向き合う。

「……いつか、こんな素敵なところに住みたいなぁ……」

「ここに？」

マフィレアの言葉にバランが聞き返した。

「ええ。街もいいけど、やっぱりこんな大自然の中で生活するのが素敵だと思うの。……ねえ、バランもそう思わない？」

「思うよ。ここは素敵だし、心が和む。それにいろいろなしがらみからも解放されたような気分になれるし……。こんな所で暮らせたらすごくいいと思うよ」

「そうよね……！」

バランは、自分はともかくマフィレアだったら街よりもこういう場所で生活していたほうが似合っていると思った。自然の中だと、彼女はよりいっそう生き生きして見えるからだ。その時、マフィレアは小指を差し出してきた。バランは何だろうと怪訝に思う。

「またいつか、ここへ一緒に来ましょうよ……。ね、約束……」

（またいつか……）それはバランのほうこそ、望むことだった。バランは自分の小指をしっかりとマフィレアの小指と絡ませた。

「ああ……、約束だ」

二人はにっこりと微笑んだ。

アニマの丘に行った日以降も、バラン達はたびたび会った。マフィレアの仕事のあとや、または休息日にも……。時間を決めて待ち合わせては、二人でいずこかに出かけたりした。仕事のある平日は主に食事に出かけ、休日は王都の西にある公園や劇場に足を運んだり、または闘技場で剣闘士の戦いぶりを観戦したり、時には図書館のような厳《おごそ》かな雰囲気の場所に行って本を読んだりもした。二人は妙に気が合った。だからひかれあっているのかもしれない。しかし、バランがマフィレアに抱いている後ろめたさはいつになっても消えない。それはおそらく真実を打ち明けるまでは消えることはないだろう。騎士の話が出ると何とかごまかしていたが、バランは怖くて真実を打ち明けることはできなかった。

しかし、マフィレアとの出会いはバランにとって幸福なことであり、そしてその存在は彼の生きがいにもなっていた。……だが、彼女と会う時間が自然と多くなったため、以前よりも騎士修行がおろそかになっていたのは間違いなかった。騎士になるチャンスはあと一回のみ。半年後の騎士叙任試験に合格しなければ、騎士になることは永久に適わない。本来ならもう失われていたチャンスだ。それを無駄にはできない。サーディーや父に誓ったその志のため、バランの人生最大の夢のためにも、どうしても騎士叙任試験に合格しなければならない。……しかし、神はバランに大きな試練を与えた。修行に対しておろそかにしてきたツケを、バランは数日後にきっちり払う羽目になってしまったのである。

Ⅳ デビルハント

半年に一度か二度、騎士学院では大きな行事が行われる。それは『デビルハント』と呼ばれる行事だ。世界には魔物が生息している地域がある。深い森、夜の暗黒の森、洞窟や山奥。主に魔物（モンスター）と呼ばれる生物はそれらの地域に生息しているのだ。

たびたび村の民家や人が通る街道に姿を現して人間を襲い、空腹を満たすことがある。このため村では自警団が組織されているのだが、毎年被害は少なくならない。そこでナリティス王国ではデビルハントという名目で、魔物が生息している場所に赴き、魔物退治を行うのである。龍神ナーガが建国した神聖王国ナリティスでは、悪の存在を根本的に嫌う。神聖王国の名にかけて邪悪なる存在を徹底的に消滅させる。闇の撲滅こそがナリティス王国の永遠のテーマなのである。ナリティスの神龍騎士団（レッドスター）は、他国への侵略行為は一切行わない。侵略戦争は、ナーガの教義で厳しく戒められているからだ。騎士団は他国からの国家防衛、そして魔物の撲滅のために、その存在の意味があるのだ。正騎士団によるデビルハントは四十日余りに一度と、かなり頻繁に行われる。それは国家にとって重要な行事なのだ。そして、騎士学院では授業の一環としてデビルハントを半年に一度か二度行う。騎士見習い達のデビルハントは、聖騎士たちのデビルハントに比べて規模は小さい。それは騎士になるための修行の意味で行われるからだ。だが、どちらのデビルハントも、国にとっては重要なものである。そして、とても危険なものであることには変わりはないのだ。

デビルハントはいわば人間と魔物の殺し合いだ。一種の戦争でもあるのだ。ただ、人間達は組織を作って戦いを行うので強力なのだ。それに比べて魔物には組織力がない。組織を作るような知恵が魔物にはないのだ。もし万一、魔物達が組織を作って戦いを挑んできたならば、それはまさに脅威である。しかし、それには知能の低い魔物達を統率する知能の高い上位種の魔物がいなければありえないことだ。その上位種の魔物は今ではごく少数しか存在しておらず、人間達の脅威となる集団を結成する可能性は極めて低いといわれている。かつての神魔大戦時に、暗黒神ファフニールの下僕として、強力な力を持ったモンスターは数多く存在した。そのために、世界は一時期滅亡へと追いこまれたのだ。結局大戦は龍神ナーガが勝利して暗黒神ファフニールは消え、手下のモンスターたちも後世の人間の勇者達によってことごとく存在を消されていった。それ以降、モンスター達が組織を作って世界を震撼させるような大きな行動を起こしたという事実はない。今では魔物達は単独行動であることが多いから、このようなデビルハントと呼ばれる魔物狩りを行えるのである。しかし、いくら人間が組織で戦って強力であるとはいえ、危険は皆無ではない。当然だ、戦いなのだ。デビルハントは人間に有利な、いわば狩りのようなものではあっても慎重に行わなければならないのだ。

騎士見習い達によってデビルハントが行われるこの日、その騎士学院の学徒達は緊張した面持ちで現場に到着していた。総勢二百数十名。騎士学院に通う学徒達のほぼ全数である。デビルハントは学徒達がいくつかのグループに分かれて行う。各グループには班長がつき、皆をまとめる役目を担うのである。騎士学院のデビルハントには、毎回ナリティスの聖騎士が数名参加することが恒例となっている。聖騎士はグループの班長を務めてもらう。聖騎士がグループ数に足りない場合は、騎士見習いの中で経験豊富な人物が選ばれて班長となるのである。バランは留年に留年を重ねており、見習いの中ではベテランだ。だから今回のデビルハントには班長の一人として選ばれた。今回のデビルハントに臨む学徒達の意気込みは今までと比べてかなり大きい。なぜならば、今回のデビルハントには特別に上位騎士が参加することになっていたからだ。この男の名は、サーディー・マックラン。ナリティスの聖騎士であり、一個騎士隊隊長を務める男だ。マックラン家は由緒ある高貴な家柄であり、その家が誇る若き英雄だ。ナリティスの現国王も一目置いていると噂されているサーディーは、わずか十五歳の時に騎士叙勲を受け、参戦した数々の戦いでは多くの手柄を上げている。彼の剣の腕は申し分なく、正義に忠順で根っからの紳士であるという内面的なところを見てもナリティスの騎士にふさわしく、将来の騎士団長になる男として期待され、注目を浴びている。若き騎士や騎士見習い達にとっては憧れの存在である。その彼が今回初めて騎士学院のデビルハントに参加することになったのだ。その理由はサーディーが騎士見習い達の模範となり、学徒達のレベルアップを図ることにある。その模範役をサーディーに選んだのは、彼とは旧知の仲にある学院長の推薦であった。学徒たちは興奮を抑えきれない様子だ。それはサーディーの従兄弟であるバランも同じであった。サーディーのような騎士を目指す男の一人として、バランは未だかつてない緊張感を漂わせてデビルハントに臨んでいた。

一行が向かった魔物狩りの現場とは、ナリティス王国の北東部にある森だ。中央山脈と呼ばれる険しい山脈の麓にあるこの森は、とても深くて日中でさえも暗い闇で閉ざされている。数多くのモンスターが生息している国内でも最も危険とされている場所だ。現場に到着したのは晴れた日の午前中であったにもかかわらず、別称『魔の森』とも呼ばれているこの森一帯は薄暗く、白い靄《もや》がかかっていた。

森に近づくと魔物の遠吠えが聞こえ、学徒達は生唾を飲み込んでいた。バランら騎士見習い達だけでなく、経験豊富な騎士やサーディーでさえも緊張で体を強張らせていた。森全体から怪しげな妖気がピリピリと発せられ、強大な霊気は侵入者を飲み込もうと触手を伸ばしてきているかのように感じられる。背筋も凍るような恐怖は、骨の髄まで染み込んでくるかのようだ。魔の森は闇という口を大きく開けて侵入者を迎え入れようとしている。その出迎えの前でデビルハンター（騎士見習い達）達は、ただ呆然と立ち尽くすのみであった。

「ここが魔の森か……」

デビルハント初体験の学徒がポツリと漏らした。その声は恐怖でかすかに震えていた。騎士達の先頭でサーディーは振り返り、学徒達を見渡した。皆、誰もがこの森の邪気に圧倒されている様子だった。それを見て取ってサーディーは、状況の悪さを認識した。戦いを目前にして士気が極端に下がっているのである。士気の低下……。それは、戦士にとって生死を大きく左右する重大なことである。士気が低いまま戦いを行えば、勝てる戦いもみすみす敗戦にしてしまうことも大いにありうるのだ。学徒達は実戦に不慣れであり、高度な技術も持っていない。反面、若さこそが大きな武器であるのだから、戦いに対してもっと積極的に、士気を高めていかなければいけない。技で劣る分、士気で補うようでなければならない。この状況のまま戦えば大きな犠牲が出るということを、サーディーにとって予想するのは難しくなかった。

「いいか！　皆！　気合を入れていくぞ！　この私について来い！」

サーディーが大きな声を上げて士気を鼓舞する。学徒達は仲間内で顔を見合わせてから大声で喚声を上げた。自分が憧れて尊敬する聖騎士に「自分について来い」と言われたことは、大きな自信と安心感を生み出す結果となった。学徒達は武器を抜き、手に強く握り締めた。そしてサーディーを先頭にして、一歩、また一歩と魔の森へと足を踏み入れていくのであった。

キキーッ！　グオォォン！　直接頭脳に響き渡ってくるような耳障りで奇怪な鳴き声がそこかしこからこだましてくる。薄暗い頭上高くを時折コウモリやら異形な形をした鳥のようなものが通り過ぎて行く。踏みつける大地は湿気を充分に含んだ湿地で、とてもぬるぬるしている。中には油断をして足を取られ、転倒する学徒もいた。デビルハンターたちは緊張と恐怖で額にうっすら汗を浮かべ、慎重に森の奥へと歩を進めていく。その時、前方の暗闇の中で赤い光が発せられたのが皆の目に留まった。その輝きは一つではなかった。夜、水辺に浮かぶ蛍のように、無数の赤い点光が前方の闇を一瞬にして埋め尽くしていたのだった。

「気をつけろ！」

各グループの班長たちがそう叫んでいた。その声に反応して皆は身構えた。赤い輝きは闇の中で上下左右に揺れている。それは徐々にだが、確かにデビルハンター達との距離を縮めてきていた。赤い点光の正体はモンスターの眼光であったのだ。

「ゴブリンだ！」

突然誰かがそう叫んだ。薄暗い中だが、距離が近くなるとその正体がはっきりと確認できるようになっていた。それは背丈が人間の子供ぐらいしかない醜い生き物だった。大きな赤い目、大きく裂けた口。尖った耳に皺だらけの赤黒い顔。それはまさしく妖魔という部類に入るモンスター、ゴブリン族に相違なかった。そのゴブリンが数十という数の集団でデビルハンター達の前に姿を現したのだった。それはハンター達を迎え撃ってくるかのような登場の仕方に思えた。しかし、サーディーをはじめ、騎士学院の学徒達は妙に落ち着いていた。それはゴブリンというモンスターは、恐れるに足りぬ力量しか持たないモンスターであると皆知っていたからだ。戦いを前にしながら早くも胸を撫で下ろして笑みをこぼしている学徒もいた。しかし、

「ゴブリンといえど甘く見るな。非情極まりない生物だ。それにこれだけの集団でお出迎えときている。決して気を抜くんじゃない！」

そんな学徒達が目に入ってサーディーは叱責するように叫んでいた。けれど、そのサーディーの声を聞いてゴブリン達が興奮してしまったようだった。彼らは突然攻撃をしかけてきた。ゴブリン達は木で作った棍棒のような簡単な武器を手に持って振り上げている。学徒達は気合を入れてゴブリンに応戦した。

ギー！　グギャー!!　奇妙な悲鳴が次々と森の中にこだまする。それに混じって肉を切り裂く鈍い音も鼓膜に残るかと思われるほど響いていた。やはりゴブリンは邪悪な存在ではあるが弱小生物だった。厳しい修行を受け、剣技を習得している学徒達が圧倒的に優勢で戦いを進めていく。しかしゴブリンもただやられっぱなしの生物ではない。それなりの力を有している。未熟な学徒の目には、なか

なかの強敵として映っていることだろう。けれども、組織として戦っている人間達はあまりにも強かった。弱き学徒達を助けるようにしてサーディーらベテラン騎士達が戦っている。だから戦いの主導権をゴブリンどもに明け渡すようなことは決してない。ゴブリンの群れの中で、聖騎士サーディーは華麗な剣技を披露していた。それは剣術の型の模範試合をしているかのような美しい剣さばきであった。これが血で血を洗うような実戦であるように思えなかった。それほど美しい動きが出来るのは、相手との力量の差があるからだった。思うがままにゴブリンを切り倒していく。周囲の学徒達も思わず自分が戦う手を止めて、彼の戦い振りに見入ってしまうほどだった。そしてそのサーディーの姿は学徒達の士気をさらに高めた。皆がサーディーの実力に少しでも近づこうと思ったのか、剣に熱がこもり、それをゴブリン達にたたきつけていた。感動で熱が上がっていたのはバランも同じだった。高揚感に包まれてバランの剣も威力を増していた。バラン自身も自分の動きが普段よりも軽快で、全身に張ちきれんばかりのパワーが漲《みなぎ》っているのを感じた。この高揚感こそが、最も戦いを楽しいと感じられる瞬間なのだ。バランはその力溢れる剣をゴブリン達にたたきつけていく。その剣を浴びたゴブリン達は苔色をした血を噴き出して、湿った大地へと倒れ伏していく。士気が高まったデビルハンター達の周囲には、ゴブリン達の無残な死体が山積みにされていく。その死体が発する血の臭気が、デビルハンター達に興奮を与え、そして彼らを鬼神に変えていくのだった。皆、夢中だった。邪悪な存在である妖魔ゴブリンを倒すのを心から楽しんでいた。普段は恐怖の対象にある妖魔。しかし今日ばかりは士気が高まっているせいもあってか、恐怖など感じられない。それどころかパワーが増しているようにさえ感じるのだ。普段恐怖を感じていることからの反動とでもいうのだろうか。妖魔に対しての攻撃は度を過ぎてしまうほど強烈になってしまうのだった。さすがの妖魔ゴブリンも、殺戮鬼と化した人間達に恐怖を抱いた。奇妙な声を上げてバラバラに退散していく。しかし、学徒たちは獲物を逃すまいとする肉食獣のごとく追撃を開始した。その全体の行動を見て、サーディーや聖騎士達は大声で指示を出す。

「深追いはするな！」

しかし、ギーギーというゴブリン達の悲鳴が森中に響いており、サーディーらの声はかき消されていた。何よりも、学徒達自身の高潮感が、悪く言えば「浮かれ」が、その指示を耳から耳へと筒抜け状態にさせていたのである。追撃を続ける学徒たちは多くいた。バランもそのうちの一人であった。脱兎のごとく逃げ去るゴブリンの背を追いかけて剣を振るっていた。バランは自分の班のメンバーを引き連れて、森の奥へ奥へと追撃していく。普段は恐れる妖魔の逃げゆく後ろ姿は愉快極まりなく、その無防備な背を切り裂いていくのはこの上ない快感だった。一人前の技術を持たず、精神的にも半人前の学徒たちだからこそ、その麻薬に似た危ない美味の虜となってしまったのである。ゴブリン達の逃げ足はそう早くはなかった。バランら騎士見習い達の追撃によってことごとく倒され、その数は激減していった。敵を全滅させる手応えを、バランは確かに感じ取っていたのだ。一匹のゴブリンを一刀の下に切り捨てたサーディーは、遠くなったバランの背を見て叫ぶ。

「バラン！　戻れ！　深追いするんじゃない！」

しかし、バラン率いる班は既にその声が及ばない距離まで離れてしまっていた。

バランが一匹のゴブリンに追いつき、その背を容赦なく切りつけた。それに続いて同班のメンバーの一人がもう別のゴブリンに止めを刺していた。また別の一人が大きく気合をいれ、渾身の一撃でゴブリンの頭をかち割った。そしてゴブリンはギーッと弱々しく鳴いて地に崩れていった。

「へん！　どんなもんだい！　正義の鉄鎚だぞ。ざまぁ見ろ妖魔め！」

鼻をこすりながらその若い騎士見習いは得意そうに笑った。バランも、バランの班のメンバー約十名全員も、圧倒的な勝利に大満足の様子だった。周囲を見渡せばもうゴブリンの姿は見えない。皆、骸《むくろ》となって地面に埋もれている。バラン達は逃走したゴブリン達を追撃し、そして見事全滅させていたのだ。バランはこの達成感に満足し、愉快そうに笑った。本当に充実感溢れる、すがすがしい気分だった。

しかし、その笑いもすぐに静寂の中にかき消されていった。他の仲間達がシンと静かになっていたのである。見れば皆不安そうに周囲をキョロキョロと見渡している。

「どうしたんだ？」

バランが問うと、一人が振り返った。その男の顔は蒼白だった。

「は、班長……。ここは一体……？　我々はどこまで来てしまったのですか？」

「何？」

バランも周囲を見渡す。四方八方、どっしりと地に根を張った大木が鉄格子のごとく立ちそびえているばかりだった。陽光もほとんど届かない薄暗い森の中、前後左右を見ても同じ光景が目に入ってくる。ここに来ては北も南もわからない。既に誰一人として自分たちが来た方角をしっかりと把握している者はいなかったのだ。バランの表情は次第に強張っていく。

「……どっちに戻ればいいんだ？」

班のメンバー全員に困惑の色が浮かんだ。耳を澄ましても何も聞こえない。あれほど激しかった剣戟の音も、今では一切聞こえてはこなかった。ただ静寂が、不気味過ぎるほどの静寂が広がるばかりであった。すると突然、グオオオオッ！　という凄まじい唸り声が怒濤のように響き渡った。バラン達は驚きのあまり身をすくめた。注意深く周囲を見渡すが、声の主を見つけることは出来なかった。

「な、何だ!?　今の声は!?」

一人の学徒が生唾を飲み込んだ時だった。突然黒い影が頭上から降ってきたのだった。ガウッ！　黒い影は大きな口を開けて学徒の一人の頭に噛みついた。その学徒は悲鳴を上げる間もなく首をもぎ取られて、残された胴体は大の字になって地面に倒れ伏した。

「うわあああっ！」

他の学徒たちは悲鳴を上げてパッと距離をあけて剣を構えた。黒い影は獅子のような姿をした魔物だった。しかし、頭の部分にあるのは人間の老人の顔であり、その背には大きなコウモリのような翼があった。そして、長々と伸びた尾の先にはまるでサソリのように鋭い針がついていたのだった。このモンスターは人間・獅子・サソリ・コウモリを合成した肉体を持つ、合成獣、マンティコアというモンスターだ。マンティコアはモンスターの中でもかなり強力なモンスターだ。今まで相手にしてきたゴブリンとはレベルが桁はずれに違う。そのマンティコアの強さを認識として有している者も、そうでない者も、このおぞましい姿をしたモンスターの前でパニックに陥り、すくみ上がっていた。マンティコアは口に含んだ人間の頭部をバリバリ音を立てて食べ、胴体にまで口をつけ始めた。それを、見た学徒たちは剣先をモンスターに向けてじりじりと距離を狭めていったが、マンティコアが頭を上げてジロッと一睨みすると学徒たちはすぐに逃げ腰になってしまった。班長であるバランも初めて遭遇する奇怪なモンスターにビビっていたが、立場上逃げるわけにもいかないので、勇気を出して皆の先頭に出た。

「皆、びびるな！　やられた仲間の仇だ！　討つぞ！」

バランは叫び、剣を振り上げて一人突進していった。マンティコアの老人の顔が不気味ににやりと笑った。その表情に気を取られたバラン。一瞬遅れたその隙にマンティコアは高く跳躍し、バランの頭上を飛び越えていった。

「うっ！」

バランの背後に回ったマンティコア。しかしそのマンティコアに仲間の学徒達が一斉に襲いかかっていたのだった。

「どりゃー！」

気合を入れた学徒達の剣はマンティコアの体を捉える。が、マンティコアは獅子の体の持ち主だ、素早く駆け出してその攻撃をかわした。学徒達の剣はわずかにモンスターの体をかすめただけだった。マンティコアは距離をあけ、そして一瞬ののちに突進してきた。一人の学徒が剣で迎え撃とうとするが遅し、マンティコアの鋭い爪によって弾き飛ばされてしまった。その学徒の体は宙に浮き、近くの大木に叩きつけられてしまった。肩から腹部にかけてパックリと大きな裂傷を受けていた。彼は内臓をやられたために既に絶命していた。まさに即死だった。マンティコアは強力なパワーの持ち主だった。その一撃は大熊の一撃に匹敵するほどの威力だった。それを見て一同は青ざめた。反応がどうであろうとマンティコアは待ちはしない。すぐに別の一人に襲いかかり、頭から飲み込んだ。また別の学徒に強力なパンチを食らわせ、一瞬にして命を奪った。

「おのれ！」

仲間をやられてキレた一人が勇猛果敢に突進していく。油断をしたマンティコアは胴を切られて奇声を上げた。

「やったか!?」

十分な手応えがあって学徒は喜びの声を上げた。だが、マンティコアは致命傷など受けていなかった。傷は浅く、むしろ今の一撃で激怒してしまったようだ。穏やかな老人の顔が鬼のような恐ろしい形相に変わっていく。

「ぎえっ!?」

マンティコアの頭上を越えて、一本の尾が伸びてきた。その尾の先が学徒の頭部を強襲する。だが間一髪自分の左腕を楯にして頭への直撃を防いだ。けれども、尾の先の太く鋭い針が学徒の腕に深々と突き刺さり、赤い血がドクドクと流れ出ていた。

「くそっ！」

学徒は強引に腕を振って尾を払った。そして剣を構えなおす。が、その直後、学徒は激しいめまいに襲われた。

「うっ！　これは！」

続いて全身に麻痺と、激しい痙攣が学徒を襲う。彼は苦しそうに左腕を押えて苦悶の表情を浮かべて地面に倒れた。それはあっという間の出来事だった。倒れた学徒はもう息絶えていたのだ。……毒だ。マンティコアの尾には毒があるのだ。それも人間をほんの数秒で死に至らせるほどの猛毒だ。学徒たちは激しい恐怖に包まれた。

「う、うわー！」

学徒の二人が逃走を始めた。それをマンティコアは黙って見逃さなかった。大きく翼を広げて宙を舞った。そしてものすごいスピードで逃げた二人の背を追いかけ、そのまま背後から襲いかかった。

「ぎゃーっ！」

苦痛に満ちた悲鳴を上げて二人の学徒は倒れた。うち一人は鋭い爪攻撃によって上半身を真っ赤な血で染め上げられ、一人は背に毒針の直撃を受けていた。一瞬だった。背を向けていては抵抗するこ

とも出来ないでいた。マンティコアは死体となった二人を眺め、満足げに微笑んだ。

「……ギギ……、ニク……、オレノエサ……、……ニガサン……」

そしてマンティコアは新鮮な肉を食べ始めた。死体となった仲間をガツガツと貪り食うマンティコアの前で、まだ生き残っているバラン達はただ呆然として立ち尽くしていた。……逃げることも出来ない。その恐怖は絶大だった。残るは四人。仲間の間でピリピリとした緊張感が張り詰める。マンティコアはあっという間に二人の肉を平らげた。その足元には無残にも骨だけが残されていたのだった。しかし、まだまだ満腹には至っていないようだ。マンティコアの人肉好きは有名である。そしてその食欲は驚くほど旺盛なのだ。伝説では、一軍隊をも食べ尽くしてしまうほどだ、と言われている。少なくとも、数人の肉では満腹に至らないのは確かである。口の周りをべっとりと血で染めたマンティコアがバラン達を眺める。バラン達は勇気を出してマンティコアを睨み返し、剣を握る手に力をこめた。

「……同時に襲いかかるぞ……!」

バランが仲間内だけに聞こえる声でそう言った。そして班長の合図で一斉に剣をかざした。

「ターッ!」

襲いかかってくる人間達を撒《ま》くように、マンティコアは横に逃げ出した。一人の学徒が素早く反応し、剣で切りつけた。その剣は見事マンティコアの動きを捉え、獅子の体に傷を与えた。そして別の一人が、またもう一人が剣を振るってマンティコアの腕、背を傷つけ、マンティコアは苦痛にうめいた。そのひるんだ隙《すき》をついてバランが飛び込み、渾身の一撃を繰り出す。その一撃はマンティコアからコウモリの翼をもぎ取り、マンティコアは緑色の血を噴き出しながらグオオオオッ！と鳴いた。さらに学徒の一人が飛び込んでいく。……しかし、その時は既にマンティコア自身は体勢を整え終わっていた。それに気づいたバランが止めようとするが、一瞬遅かった。男が懐に飛びこんでくるのを待っていたマンティコアは尾を振り上げて、その毒針を学徒の体に突き刺した。

「うわああっ！」

攻撃を受けた学徒は、信じられないといったような表情を浮かべ、全身に毒が回っていくのを感じながらただただ呻き、そして崩れていくのだった。

「ち、ちくしょう！」

また一人が殺されてしまった。怒り、恐怖、二つの感情が入り混じって胸が疼き、バランは叫んでいた。マンティコアも低くおぞましい声で、

「……ニクダ……、モットニクガクイタイ……」

人間達の言葉で、マンティコアははっきりとそう言った。

「な、何が肉だ！」

バランが怒りにかられて飛びこんでいった。バランの一撃が、マンティコアの胴体に直撃した。しかし、その直後にマンティコアの鉄拳が繰り出されていた。バランは身をひるがえした……、が、それでもかわしきれなかった。鋭利な爪がバランの体を襲い、その凄まじいパワーで後方の大木にたた

きつけられてしまった。

「がはっ！」

背を激しく打ち、息が詰まる。そして腹部には激痛が走った。バランの腹部はマンティコアの爪によって裂け、血が流れていた。硬い革鎧を身につけていたが何の役にも立たず軽々と破られていた。

「ううっ！」

バランは起きあがろうとしたが、全身に力が入らなかった。マンティコアはゆっくりと歩み寄ってくる。しかし、バランの残り二人の仲間が逃走を開始したので、マンティコアはそれを追いかけた。コウモリの翼は失われていたので飛ぶことは出来なかったが、獅子の体はまだ十分に動けた。見る見るうちに学徒との距離は狭まり、マンティコアはそのうちの一人にのしかかった。

「うわあああっ！」

マンティコアの鋭い爪が学徒の体に埋まっていく。しかし、学徒の握っていた剣もまた同時にマンティコアの体に深く突き刺さっていたのだった。

「……ググ……、……ギギ……」

マンティコアの爪が男の内臓に達すると、男は苦悶の表情を浮かべて死に至ったが、男の剣はマンティコアに致命傷を与えることは出来なかった。しかし、それでも相当のダメージを与えていた。もうマンティコアには別の一人を追いかける体力が残されておらず、みすみす見逃す羽目になってしまった。

「……チ、チキショウ……。ニクガ、ヒトツニゲタ……」

マンティコアは腹に剣を刺したまま逃げていく男の後ろ姿を見ていた。しかし、すぐに気持ちを切り替えて、大木のところに横たわるバランに視線を移した。生きて現場に残っているのは、もうバラン一人であった。

「……マダ、モウイッピキイル……。ニゲルマエニ……、オトナシクサセテヤロウ……」

マンティコアはそう言ってゆっくりとバランに歩み寄った。バランはマンティコアの標的が自分自身に絞られたことでこれまで以上の恐怖を感じた。腹部には深い裂傷を負い、思うように動けない状況だ。今のマンティコアからさえも逃げることは出来そうもなく、戦うことも出来そうにない。今、自分に近づいているのは『死』だ。『確実なる死』だ。それを考えると怖くて仕方がなかった。(誰か！)バランは精一杯の声で叫んだ。しかし恐怖のためか声にならなかった。それでも必死になって叫んだ。もう藁をもつかむ思いだった。マンティコアはゆっくりとバランの前までやってきた。よだれをたらし、満面の笑みを浮かべてバランを見下す。そして動けないバランに向けて尾を伸ばしてきた。バランが死を覚悟した瞬間、空を切り裂く音が耳に届いた。

「ギーッ！」

どうしたことか、面前のマンティコアが苦痛の悲鳴を上げた。見ると、バランに伸ばしてきていた尾が切断されており、緑色の血を噴き出していた。

「これは!?」

そしてバランの視界に一人の男の姿が映った。その男は宙を高く飛び、マンティコアに頭上から襲いかかっていった。それに対してマンティコアの反応が遅れた。いや、マンティコアが遅れたのではなく、男の動きがあまりにも俊敏だったのだ。剣が振られて閃光が走った。まさに一瞬のことだった。マンティコアの首は胴体と切り離され、その老人顔は地面にゴロッと転がった。マンティコアの生首は無念の表情を浮かべて目をカッと見開き、虚空を見つめていた。その顔に、首から噴き出していた緑色の血潮が降りかかっていた。バランははっとなってマンティコアの死体から視線を上げた。その傍らに男は立っていた。聖騎士サーディーだった。彼が助けに来てくれたのだ。いや、正確には彼だけではない。今回デビルハントに参加していた騎士見習い達の多くが共に駆け付けて来てくれていたのだ。まさに、危機一髪だった。そして安堵すると共にさすがはサーディーだとバランは敬意を表していた。奇襲であったとはいえ、ほんの二刀で、時間にしてわずか数秒でもって強力なマンティコアを倒してしまったからだ。バランは自分と彼との実力の差を痛感させられた。今、自分の前に立つこのサーディーという男が、次元を超えたような、とてつもなく大きな存在であるように感じられてならなかった。しかし、彼は厳しい視線でバランを見下していた。

「この大馬鹿者め!」

「……え?」

サーディーの目がひどく充血しているのがわかった。怒りで顔が赤みがかっている。

「なぜ命令を無視した!? なぜ深追いしたんだ!? お前がしたことがどんなに愚かだったのかわかっ

ているのか？」

　サーディーのこんな怖い顔を見たのは生まれて初めてだった。普段はあまり熱くはならない冷静な男だ。特にバランは従兄弟ということもあって昔から優しくしてもらってきていた。けれど、今サーディーはバランが犯した大失敗に激怒していた。サーディーは周囲を見渡す。そこかしこに、若い学徒達の無残な死体が横たわっていた。サーディーは目を細めてその表情を悲しく曇らせた。そんなサーディーや死んでいった仲間たちを、バランは直視することが出来なかった。自分が犯した罪の重さを今初めて痛感したのだった。

「将来ナリティス王国を支えていくはずの英雄達を、お前が死なせてしまったのだぞ。お前が仲間を殺したんだぞ……！」

　サーディーは厳しく叱責した。それは辛辣極まりない言葉だった。今のサーディーの目は、肉食獣のものよりも厳しい。バランは、何も言うことは出来なかった。全て、自分が悪いとわかっていたからだ。自分は班長だった。皆のリーダーとして、メンバーの命を預かる立場であった。その自分が上官の命令に背いた上に独断で仲間を連れ出し、そして死地に赴いた。仲間を死なせてしまったのは自分のせいなのだ。バランは愕然となった。自分の大失態と、そして仲間に対しての申し訳なさとで……。

重圧な空気が流れているところに、新たな獣の遠吠えが森の中に響き渡った。これもマンティコアに似たおぞましい感じのする咆哮だった。一同の間に不安が生じる。

「皆を手厚く葬ってやりたいが、それは残念だが出来そうにないな。早くここを脱しなければ、ここにいる全員が死ぬことになるだろうからな……」

サーディーがポツリと言った。死んだ者とはいえ、仲間を思う気持ちが強いサーディーにとってこれは苦渋の決断であったに違いない。しかし、犠牲をこれ以上出さないことが最も先決で重要なのだ。サーディーは死んでいった仲間の遺体に向かって黙禱《もくとう》を捧げると、他の学徒達も彼にならって黙禱をした。

「誰か、バランに手を貸してやれ！　皆早々にここから引き上げるぞ！」

「はっ！」

サーディーの指示を受けて二人の学徒がバランに肩を貸してくれた。腹部の傷は本人が思っている以上に深いものだった。激痛が走り、全身にうまく力が入らない。しかし、今はそんな痛みよりも、心の痛みのほうがバランを苛ませていたのだ。バランの心は悲痛さに泣いていた。それに追い討ちをかけるかのような、サーディーの言葉が背後からかけられた。

「バラン。……お前には失望したよ……」

その言葉は落雷のごとくバランの心を打った。そして、バランの心はバラバラに破壊された。バランは今まで浮かれていたのだ。自分自身の力を過信し、狂暴なモンスターを軽く見ていたのだ。そのしっぺ返しが、この結果であるのだ。深い罪悪感と大きな後悔の念が重くバランの背にのしかかる。もう立ちあがることが出来ないのではないかと思うほど、沈痛で重圧なものだった。

それからデビルハンター達は足早に森から引き上げていった。幸いにも森のモンスター達からの追撃はなかった。だが、大きな敗北感がデビルハンター達を打ちのめしていた。モンスターの危険さ、戦いというものの真の厳しさというものを身をもって知らされた一日であった。

V

失望の中で

デビルハントとは魔物狩り……。いわば人間と魔物の戦いである。戦いには犠牲はつきものであるが、騎士学院でのデビルハントで十数名もの犠牲者を出したのは、例にないことであった。デビルハントとは原則的に人間が優位に立っている場合のことをいう。人間が狩るもの（強者）であり、魔物が獲物（弱者）であるからだ。デビルハントでは、自分達の命が危険にさらされるところまで深く相手のテリトリーに踏み込んではいけないという決まりがある。それでは狩りとは呼べなくなるからだ。特に、騎士学院でのデビルハントは実習という意味が大きいので、聖騎士達が行うデビルハントのように本格的に行ってはいけない。その学院でのデビルハントで十数名の犠牲者が出たのは尋常ではなかったのだ。当然これを世間というものは黙って見過ごしはしない。宮廷からは今回の事件の原因の究明と、対策書の提出が命じられ、責任者には相応の罰則が科せられることになった。バランは全滅させてしまった班の班長として、それなりの罰を受ける覚悟を決めていた。騎士学院からの強制退学処分に、半永久的な騎士叙任資格の剝奪、そして罰金などの罰則を受けるだろうと予測はついていた。

だが、バランは意外と軽い処分で済まされることになったのだ。わずかに一週間の自宅謹慎と軽い罰金。それだけの処分だった。この処分は様々な波紋を呼んだが、これが宮廷の決定であったことから、誰も公に批判を述べる者はいなかった。バランは騎士見習いという立場が未熟者であると判断され、重い処分を逃れることができたのだ。かえってそんなバランを班長として推薦し、また今回のデビルハントの総責任者であったサーディー・マックランが大きな責任を追及されることになった。そして、処罰が下される日がやってくる。責任者の監督不行き届きで謹慎一カ月と多額の罰金を命じられた。

しかし、国王直々の恩赦もあって、二週間の謹慎だけに免除された。その処分が下されたのは、事件から三日後のことだった。

バランは罰金を支払い、一週間の謹慎に入った。彼がデビルハントで受けた傷は、ナーガ神殿の司祭の回復魔法を受けたので脅威的に回復していた。謹慎期間内、バランは療養の意味も含めて大人しく館で過ごしたのだった。ただ、デビルハントで亡くなった仲間の合同葬儀には参列した。これ以外は剣の修行も勉学もせず、また遊びに出ることなど当然しなかった。騎士学院の仲間であるゴムスとも、マフィレアとさえも会わなかった。ただ、この謹慎中にナリティス王国ではめでたい日を迎えていた。ナリティス王国の皇太子ジョゼフと、龍神ナーガ神殿に仕えていた巫女ケオファの結婚式が行われたのだ。当初宮廷の中ではこの結婚式を延期する声も上がっていた。最近暗殺事件が多発していて、危険であるという指摘がされていたからだ。けれども、国民が王子の結婚を熱望したために、結婚式を延期せずに行われることになったのだ。もちろんそれには厳重な警備が敷かれた。そんな物々しい雰囲気の王城ではあったが、ここに多くの人々が集まり、ジョゼフ王子とケオファの結婚を祝ったのだった。王都バーハラでは盛大に宴が開かれた。国中が朝から夜まで二人の幸せを祈った。バランは晴れ晴れしい気分とはいかなかったが、王子達の晴れ姿を一目見るために中央街路まで足を運んだ。ジョゼフ王子とケオファ妃は豪華な馬車に乗って、華やかに中央街路を行進していった。その馬車の後ろに赤い甲冑を身に纏った騎士達や、音楽隊や踊り子達が続き、それを取り巻くように国民達は集まって歓喜の声や祝福の声を上げている。祝賀の行進は大変賑わっていた。祝賀の行進に参列している騎士達の姿は、今のバランには切なく心苦しく感じられたが、彼は目を背けることなく羨望の眼差しで騎士達を見つめていた。ジョゼフ王子はとても凛々しく、そしてケオファ妃が綺麗に着飾った姿はこの世のものとは思えぬ美しさがあった。その二人の姿がバランの心に深く焼きついた。そしてバランは今の自分の不甲斐なさを痛感してなおさら落ちこみ、帰路につくのだった。結局、結婚式は懸念されていた事態は起きず、無事に終わることができた。

この謹慎中、バランにとっては決断の期間であった。バランはデビルハントの失敗が大きく尾を引いていて、そのショックのため全てのことに対してやる気と自信を失っていた。何をやりたいという気持ちも起きなかったし、やるべきことがあっても気が進まない。でも、バランは今でも騎士になりたいという気持ちだけは変わらなかった。ただ、先日の失敗がバランの心に壁のように立ち塞がっていて、騎士になる夢がさらに遠く感じられて、諦めなくてはいけないのだろうかと悩んだ。バランはこの時、生まれて初めて人生がつまらないものだと感じた。夢は大切だ。夢があるから人生を楽しく生きることができる。バランは騎士になれないのなら、死んだほうがマシだと思っている。それほどに騎士に対して執着があるのだ。……だが、今回の事故はバランから自信を失わせていた。自分の判断ミスで仲間を死なせてしまった。それは深い傷となってバランの心に刻まれている。(こんな男が本当に騎士になってもいいのだろうか……)、そんな疑問も頭を過《よ》ぎる。こんな自分が騎士になったりしたら、死んでいった仲間達にも申し訳なく思う。きっと彼らは天国から自分を恨むに違いないと思った。本来なら、騎士見習いとしての資格も失われていたはずであるのだ。バランは責任をとって学院を自主退学するべきなのか、とも考えた。周囲の者の中には、そうするべきであると思っている者もいるかもしれないし、もしこれ以上学院に通っても、皆が自分を見る視線はきっと冷ややかであるに違いないとも思った。そういう状況に陥っても、通学を続けるべきなのかと、バランは悩んだ。けれども、謹慎中にバランが出した結論とは、騎士を目指すためにこのまま通学を続けることだった。やはり、騎士になる夢は諦めたくなかった。図々しいかもしれない。皆は認めてくれないかもしれない。周囲からはものすごい圧力があるかもしれない……。けれども、騎士になれる可能性がある限りにおいては、自分から諦めることだけはしたくなかった。昔からの夢であるのだ。それだけが今までの自分の生きがいでもあったのだ。もし、自分から断念してしまえば、いつか後悔するかもしれない。それだけは嫌だった。確かに死なせてしまった仲間達には申し訳なく思う。自分のせいで騎士になることも出来ずに、若い命を落としてしまったのだから。けれども、彼らの分まで、自分は騎士になって国に尽くしたいとバランは考えた。それは傷ついた自分自身の心を慰めるための考えかもしれない。でも、そういうふうに考えなければ、次に進めないと思った。バランにとって、騎士は特別なものであるのだ。これからも騎士を目指して突き進もうとバランは決意して、謹慎期間を終えた。……ただ、バランには一つ気がかりがあった。それはサーディーのことだった。自分のせいで彼には大きな迷惑をかけてしまっている。彼はこれまでに優秀な騎士として王国から高く評価されていた。それが、自分の失態によって彼の輝かしい経歴に傷をつけてしまったのだ。その罪を償おうとしても償えるものではない。だが、せめて彼に謝罪をしなくてはならないと思った。もし自分がサーディーの立場であったなら、相手を決して憎まないという自信はない。それだけ大きなことだからだ。もしかしたら、サーディーは自分を恨んでいるかもしれないと思った。……バランの謹慎が解けた翌日は、ちょうど休日であった。その日を使って、バランは謝罪のためにサーディーの家を訪れようと考えていた。

けれど、サーディーに一体どんな顔を見せればいいのかとも思う。無論、心から詫びればいいのだが、はたしてサーディーが許してくれるかどうか不安であった。いつもは温厚なサーディーだが、デビルハントの時は違っていた。仕方がないことかもしれないが、辛辣な言葉をあびせられたまま別れてしまっている。正直、サーディーに会うのが怖かった。見知らぬ人に嫌われるのは怖くなどないけれど、親しかった人物に冷たくされるのはショックが大きいものだ。もし会いに行って迷惑な顔でもされたらいっそうつらい。今でも自分は十分に苦しんでいると思う。これ以上に辛辣な言葉は聞きたくないと思った。しかし、そんなことでは男として失格だと叱責するもう一人の自分がいた。そんな男が騎士になどなれるはずがないのだ、ともう一人の自分は言っている。確かにそのとおりだと思う。そんな情けない男は誇り高いナリティスの騎士として失格だ。バラン自身も許しがたいことだ。こんな自分だから今まで騎士になれなかったのかもしれないと思った。自分には誇り高きナリティスの騎士になる資格がないのかもしれない。ただ、自分は自信過剰であっただけなのだろうかと思う。サーディーが以前、バランこそ騎士になるにふさわしい男だといってくれたことがあった。あの時は本当にうれしかったが、あれも世辞だったかもしれない。本当は騎士になるにふさわしくない男だと、彼は思っていたのかもしれない。少なくとも、デビルハント以降はそう思っているに違いない。今でーディーに嫌われたりしたら……。そう考えるだけでも苦しくて仕方がなかった。会うのか引き返すのか、バランの心の中で大きな葛藤があった。だが、バランは勇気を出して腹をくくり、サーディーの家に向かうのだった。

バランの家からサーディーの家までは結構な距離がある。ラルティーグ家の館は王都の北にあるが、マックラン家の館は南部にあるのだ。徒歩で行けば数時間はかかる。マックラン家は由緒ある家柄であり、とても裕福だ。ナリティス王国の中央部に広大な土地を有し、そこに立つ居城も家の名に恥じないほど荘厳な建物だ。この王都に構えている館も立派なものだった。バランがその館に着いた時は既に夕刻になっていた。館の前に来ると、じっと正面の建物を見据えた。まだ完全に日が落ちていないためか、正門はまだ大きく開かれたままだ。暗くなると、この門は閉ざされることだろう。今ここには門番の姿はなかった。門から玄関の入り口まで一本の道が伸びている。家の庭も結構な広さがあるが、今は使用人一人の姿も見えなかった。ただ、玄関の前に、大きな馬車が待機しているのが目に止まった。（外出するのだろうか……？　それとも誰か客人が来ているのだろうか……？）バランはふと疑問に思った。馬車の前に二頭の馬が手綱で結ばれている。馬車の座席の中には誰の姿もない。御者の姿もそこにはなかった。と、その時、玄関から人の来る気配があった。バランは、はっとなって咄嗟に馬車の後ろに隠れた。馬車の後方部には大きな荷物入れが設けられている。あろうことかバランはその荷物入れの中に飛び込んでしまったのだ。(しまった！　どうして隠れてしまったんだ!?)反射的に体が動いてしまっていたわけだが、考えてみれば全然隠れる必要はなかったのである。咄嗟の自分の行動をバランは呪う羽目になってしまったのである。

その直後に玄関の扉が開かれて、建物の中から数人が姿を現した。その様子をバランは荷物入れの蓋を少し開いて覗き見ていた。先頭に出てきた男をバランはよく知っていた。ボイド・バーキン。ナリティス騎士学院の学院長である。そしてその後ろをサーディーがついていた。サーディーの傍らには一人の女性の姿が見えた。その人物にもバランは見覚えがあった。学院長ボイド・バーキンの実の娘、キャサリン・バーキンであった。確か彼女はバランと同じ年であったはずだ。学院長の娘は美しいと評判だった。実際彼女はその噂に違わぬ美貌の持ち主だった。肌の露出が多い派手な服を着て、宝石などのアクセサリーを体のいたるところに飾っていた。その派手好きも噂に聞いていた通りだった。そんな彼女はサーディーと体を密着させるように歩いている。サーディーと恋仲にあるのだろうか。そんな噂は耳にしたことはないが、恋人であっても不思議はない。しかし、二人には悪いがあまりお似合いとは言えない。サーディーはどちらかというと落ち着いた雰囲気があり、決して派手ではない。しかし、キャサリンの方は誰が見ても派手だと言うだろう。まるで娼婦のような雰囲気がある。ただのサーディーの追っかけのようにも見える。そんな二人の後ろから使用人のような人物が現れて、すぐに先頭へ出ると一番に馬車へ駆けつける。そして馬の背後に設けられている座席に腰を下ろして手綱を持つ。彼が御者であるに違いなかった。遅れてサーディー達も馬車に乗り込んだ。まもなく馬がいななき、馬車が動き出す。バランは完全に脱出するタイミングを失っていた。こうなると顔を覆うしかなかった。せっかくサーディーと会う決心をしてきたのに、いざとなったら隠れてしまうようでは何の意味もなさない。バランは我ながら情けなく思った。反射的に隠れてしまったということは、やはり心の中ではサーディーと会う決心が完全についていなかったのだろう。彼への後ろめたさがある証拠だった。馬車は館を離れていずこかへと向かっていく。あまり乗り慣れているとはいえない馬車の揺れで気分を悪くするバランの耳に、サーディーらの話し声が流れ込んできた。馬車の客席から荷物入れは隣り合わせになっているため、声がほとんど筒抜け状態だった。

「今回は大変だったな、サーディー君。まさかこんなことになるなんて思ってもみなかったよ。君には本当に申し訳なく思っている」

と、低く太い声。学院では聞き飽きるほど聞いた学院長ボイド・バーキンの声だ。

「本当よ、お父様！　お父様がサーディーを総責任者としてデビルハントに参加させなければこんな目に遭わなくて済んだのに……。サーディーは国王様も一目置く聖騎士。その輝かしい経歴に傷がついてしまったんだから……」

高くて早い口調の声が流れた。娘キャサリンの声だ。

「いや。いいんだキャサリン。今回は運がなかっただけさ。……一人のアホがデビルハントにいやがったからさ……」

サーディーの声だった。（アホ？）……その言葉はバランの胸に突き刺さった。彼の言うアホとは間違いなく自分のことだとわかったからだ。……それにしてもアホとはいくらなんでもひどすぎる。それが昔から親しくしてきた従兄弟のいう言葉とはとても思えなかった。バランは聞き間違いではないかと、自分の耳を疑わずにはいられなかった。

「まったくそのアホ！　とんでもないことをやってくれたわ！　アホのせいで私のサーディーがこんな目に遭ってしまうなんて……！　……かわいそうなサーディー……」

厳しいキャサリンの言葉。その一語一語が棘《とげ》のようにバランの心に突き刺さってくる。サーディーはともかく、（お前にそんな事を言われる筋合いはない）と、バランの心の中には炎のような怒りが込み上げてきた。本人が後方の荷物入れにいるとは知る由もない馬車の中の三人は、そのまま話題も変えずに言いたい放題を語っていた。バランはそれを聞いても黙っていなければならないのだから、拷問のように思えた。

「ところで、そのアホとは例の小僧の事だろう？」

学院長の質問に、「そうです」とサーディーは答える。（例の？）バランは何のことかわからなかった。怒りで燃えていた心を静めて耳を澄ます。そして『例』の意味をキャサリンが問うていた。だが誰も答えずしばし沈黙があり、その後またキャサリンの言葉が続く。

「わかった……例のって、カモのことでしょう？」

「……そうだ」

　ボイドは低く小さな声で返事をした。

「えーっ！　ってことは本当に最悪ね！　いてもいなくてもいいカモのせいでサーディーがこんな目に遭わされるなんて……」

　キャサリンはどうやら意味を理解しているようだったが、バランにはさっぱり意味がわからなかった。

「いや。カモはいてくれなくては困る。……まあ、いてくれるだけでいいのであって、余計なことをされても困るのだがな。……カモのおかげで我々はより良い生活を送ることができるのだ。……キャサリン、お前がそんな高価な宝石を身に付けてお洒落ができるのも、カモの存在があってのことなんだぞ」

「だってー。お父様ー」

　キャサリンはぶつぶつと文句を言う。あまり納得がいっていない様子だった。

「カモはお金を支払うためだけに存在する。どんなに優秀であろうと、カモは永久的に騎士になることなんてできないのだ。……いや、我々が陰で操って騎士にはさせない。奴らは毎年留年生となるのだ。……そしてやがては強制退学。結局は金だけを貢いでいく便利な存在なんだ」

「……だからカモなのよね」

「ああ。……これもサーディー君の意見だったんだがな。なかなかいい案だったよ。毎年多くの騎士見習い達が騎士にはなれない。留年を続けさせれば我々は儲かるのだからな……。……しかも、そのバランとかいう小僧は執念を燃やして騎士になろうとしているそうじゃないか。おかげさまでいい金が入る。感謝しなくてはな。はっはっはっはっはっ！」

　ボイドは愉快そうに笑った。その話を聞いてバランは腸《はらわた》が煮え繰り返る思いだった。（まさか……、闇でこんなことが行われていたなんて……！　これは横領じゃないか。僕はその被害者であったというのか……！）バランは激昂した。その事実を耳にしたショックもかなり大きい。将来を有望視されている勇猛な騎士サーディーがこんな詐欺を行っていたなんて、とても信じがたかった。（まさかサーディーが……！　そんな……！）バランは繰り返し繰り返し心の中でそう叫んでいた。馬車の中はサーディーらの笑い声で満ちていた。愉快そうに笑うあの声は間違いなくサーディーの声だ。旧知の仲である。間違ったりはしない。玄関では彼の姿もしっかりと見ている。だが、ここにいるのはバランが知っているサーディーとは別人だ。悔しさと悲しみがバランを包む。目元には涙が浮かんだ。（うわあああっ！）バランの心は張り裂けそうだった。サーディーは騎士の鑑、自分が尊敬し憧れていた栄光の騎士だ。彼の姿を見て、自分はこんな騎士になりたいと思い彼を目指してきたのだ。（それがなぜ……!?）優秀な騎士の姿はサーディーの表の顔だったのだ。その本性は金に飢えた醜い詐欺師であったのだ。バランの中から、尊敬していたサーディーの姿が崩れていく。そして、心の中から彼がずっと大切にしてきたものが消えていく。それは、騎士になる夢。長年夢見てきた人生最大の夢……。

（うわああああっ!!）

　バランは突然荷物入れから飛び出した。馬車は走行中だ。しかしそんなことは頭にはなかった。外は道路。人通りの少ない裏通りだった。バランは地面に全身を強打し、飛び出した勢いで何度も何度も地を転がった。やがてその勢いがやんで体が止まることが出来たが、うずくまってしばらく立ちあがることが出来なかった。けれども馬車はそんな彼の存在に気づくこともなく、砂煙を上げて去っていくのだった。バランは目頭を押さえ、熱い涙が出てくるのを堪《こら》えようとした。そして力のこもった拳を地面にたたきつけた。

「ちくしょう!!　どうしてなんだ!」

堪えていた涙がこぼれてきた。馬車の中で感情を抑えていた分、今堪えようもなく爆発してしまったのだ。強打した全身は確かに痛かった。だが、それが気にならないほどバランの心は傷ついていたのだ。

「何でなんだよ!?　サーディー!」

バランはもう一度叫んだ。自分の涙で濡れた地面に何度も何度も拳をたたきつけながら……。

悲しみ……怒り……。それは一体何であったのだろうか、……そう心が麻痺してしまうほどバランは感情を爆発させていた。そして今はただ呆然とするばかりだった。心の中にポッカリと大きな穴があいてしまったようだ。いや、心そのものが失われてしまったのかもしれない。大きな喪失感。今は深い悲しみがバランを苛ませていた。そして、今までずっと自分を騙してきたサーディーが憎かった。うわべだけ良い顔を見せていて、実は心の中で自分を騎士にさせまいと企んでいたなんて、これほどまでにひどく人から裏切られたのは生まれて初めてのことだった。こんなことになるならば、何も聞かなければよかったと、心のどこかで思っていた。深い悲しみと憎悪によって、バランの心は破壊されてしまいそうだった。

Ⅵ 優しさという包容

空には一番星が瞬《またた》いていた。今日の太陽はもう西の空深くへ完全に没し、赤い夕焼けも徐々にと薄れていく。王都バーハラの町並みにも、少しずつだが明かりが灯されていく。夜の訪れであった。今夜は少し風も出ていた。肌寒い夜だ。春が訪れたばかりで、このような日が来なくなるのはもう少し先になりそうだ。バーハラの東部には海へと続く小さな川が流れている。その一帯は王都唯一の公園となっている。夜の訪れで川の水面が深い黒へと変わっていく。川上から川下へ流れる水も、消えかかっている夕日の光で時折キラキラと輝きその姿を見せている。川の姿を映し出す光は、やがて夕日から月明かりに変わることだろう。その町を流れている小川の辺りでバランはじっと水面を眺めていた。しかし彼の目には水面の光景など映ってはいない。ずっと馬車での出来事を回想していたからだ。ショックはあまりにも大きかった。もう二十歳になる男バランであったが、涙は頻繁に流れ出てくる。いつもなら情けないと自分でも思うのだが、今は情けなさを感じている余裕さえもバランの心にはなかった。小川の脇に設けられている長椅子にバランは深く腰を下ろしていた。背は無意識のうちに丸くなり、肩もがっくりと落としていた。自然と深いため息が出る。バランの服の袖はひどく湿っていた。何度も涙を拭《ぬぐ》ったせいだ。だが拭ってもすぐに視界は白濁する。そしてその度に袖で涙を拭うのだ。やがてまた目の前がぼやけてきた。それを拭おうとした時、誰かが背後からそっと肩に手を置いてきた。バランははっとなって後ろを振り返る。そこには良く知っている美しい女性が立っていた。

「マフィレア……？」

振り返ったバランの顔を見て、マフィレアも驚いた表情を浮かべる。バランは彼女と視線が合うと、すぐに前を向いて目をこすった。しかし、既に涙を隠すことは無駄であった。

「どうしたの!?　何があったの!?」

男が涙している。おまけに彼の顔は傷だらけだった。尋常ではない様子にマフィレアは動揺する。

「……何でもないよ……」

バランはそう答えたが、まったく説得力がなかった。それからあくまでバランはマフィレアと視線を合わせようとしない。必死に涙を隠そうとしていたのだ。だがマフィレアはバランの正面に回り、そして小さな手拭いを取り出した。その手拭いで、マフィレアはそっとバランの顔に触れた。顔中が傷だらけだった。流した涙はきっとその傷にも染み込んでいるに違いない。

「ひどい傷……」

マフィレアは顔をしかめて言った。バランは顔だけでなく、全身に打撲と擦傷をつくっていた。先刻馬車から飛び降りた際に体を地面に強打してできたものだ。どうしてこんな傷ができたのか、バランは言いたくなかった。いや、言う気力もなかった。しかしマフィレアは尋ねてきた。

「何があったの？」

彼女はじっとバランを見つめていた。一瞬目を合わせたが、バランが耐え切れず、すぐに視線をそらした。

「……」

「……私なんかには言いたくない？」

マフィレアの目には不安と憂《うれ》いで満ちていて、その奥には悲しみの色も見えた。

「……そんな事……」

バランはちらりと視線をマフィレアに戻した。彼女はまだじっとバランを見つめていた。決して目をそらすことはなかった。その態度は、本当にバランを心配しているという心の現れだった。それを察して、バランの心に張っていた壁が少しずつ崩れていった。

「……マフィレア……。僕は今までずっと、一つだけ君に大きな嘘をついていたんだ……」

バランの重い口が開かれて、そう言葉が発せられた。

「……え？　……嘘……？」

マフィレアは困惑したような不安そうな顔をした。その表情を見てバランの心は揺れた。真実を語るべきか、それとも隠し続けるべきか、と。しかし、このまま騙し続けていくことは、バランはもう限界だと感じていた。心が痛むのだ。親しくなった彼女をこれ以上騙し続けたくはないと思ったのだ。

しかし、ここで真実を話してしまえば嫌われてしまうかもしれない。今まで打ち明けられなかったのはそれを恐れていたからだ。気を引くためとはいえ、大きな嘘をついてしまったことを後で何度も後悔したものだ。その罪悪感からの解放を、バランは強く願った。そして、バランは今ようやく決意をすることができた。夢という大きなものを失った今、もう何も怖いものなどないように思えたからだ。それに、バランは思った。バランはマフィレアのことが好きだ。恋をしている。だからこそ、好きであるからこそ、真実を語らねばならないのだと思い至ったのだ。好きな人を欺くのは苦しいものだ。好きな人には本当の自分を見つめてもらい、そして自分のすべてを愛してほしいと思う。少なくともバランはそう思った。それこそが愛情なのではないか、とバランは思ったのだ。

「……僕は……、騎士じゃない……。……騎士……なんかじゃないん……だ……」

「……え？　……騎士じゃない……？」

「……」

マフィレアの表情が暗くなったように見えた。それを確かめると、バランの心も苦しくなった。やはり、好意は失われていくのだろうと感じた。だが、それでも心のどこかでは満足していた。真実を語れたことに……。そして、真実を語って嫌われるようなら、結局それだけのものだったと諦められる自分が存在することにバランは気づいた。それは開き直りとは別のものだ。だからバランは言葉を続けることができた。

「……僕はもう六年も前から騎士になるために修行を重ねてきた。騎士になりたいと思ったそのきっかけは……。そう、あれはまだ僕が八つだった頃のことだ……」

バランは遠くに視線を向けると、淡々と語り始めた。

当時のバランはよく外出をする少年だった。一人で中心街に出て来てはブラブラと歩いていた。街行く人を眺めたり、商店の店頭に並ぶ品物を見て回ったりするのが好きだったのだ。そうしている間にバランには友達も増えた。その多くがスラム街に住む貧しい家の子供達だったが、身分の違いに差別感を抱かないバランには気にもならなかった。だからこそ、友人が増えたといえるだろう。しかしその反面、街の裏通りなどではびこるならず者に目をつけられるという不運もあった。けれどもそれらもうまく回避し、街で遊ぶ生活を続けてきた。そんなある日のこと、バランは思いがけない人物と出会うことになる。その人物とは、現国王アルナーグ・シェパードの第一王子、つまり皇太子であるジョゼフであった。第一王子ジョゼフは、知性豊かで武術にも長けた有能な王子である。活発な性格で、元気過ぎるのが玉に瑕《きず》といったところだ。そんな王子のことだ。毎日朝から晩まで城でずっとおとなしく過ごしているわけがない。頻繁に従者を率いて野や山へ、または森や草原に出かけたりなどしていた。しかしそれだけでは満足せず、ジョゼフは一人こっそりと城を抜け出し、街に出ることがしばしばあった。城を脱出して来ていたそんなジョゼフとバランは街で出会ったのである。忍んで街へ出て来る王子は普段城で身につけているような派手な服装はしていない。一般庶民の子らと何ら変わらない粗末な服で身をくるんでいた。ただし、当然育ちがいいわけで、その高貴な雰囲気だけはどうにもごまかすことは出来ないでいた。ジョゼフと同じく幼かったバランにはそんな雰囲気を感じ取ることはできなかった。けれど見る人が見れば、その少年ジョゼフがかなり身分の高い家の御曹司であることがわかるだろう。しかし、変装したそんなジョゼフの正体を見破ったのは他でもないバラン自身だった。

雰囲気で見破ったわけではない。実は街で出会った以前に、ジョゼフの顔には認識があったからなのである。ジョゼフは神聖王国ナリティスの皇太子という身分。国民の多くが一度であれ彼の姿を見たことがあるだろう。しかし、その大半は彼の顔を熟知しているとはいえない。王子を見る時は何らかの式典の時、祭事の時ぐらいで、しかもいつも遠くからの拝見であるからだ。けれどバランは一般庶民とは違う。れっきとした貴族の子なのだ。昔から何度か城に足を運ぶこともあり、王子とも近い距離で顔を合わせたことがあるのだ。だからバランは街で出会った少年が王子ジョゼフであると気づくことができたのである。バランは生まれて初めて王子と言葉を交わした。ジョゼフはバランと同じ年齢であるにもかかわらず、妙に大人っぽく感じられた。普通の王族の者であれば、城に閉じこもった生活を送っているためあまり世間というものを知らない。だがジョゼフは忍んでいるとはいえ、街に出かけて人々と接することも多く、世間の事は一般の子供達並みに、いやそれ以上に知っていた。そんなジョゼフと話をしているうちに、バランは彼に共感を抱くようになっていた。

　ジョゼフは普通の王族の人間が抱く考え方とは違う考え方を持っていた。それは街に住む人達の生活を実際に自分の目で見て、その中で培われてきたのだ。ある日、ジョゼフはバランを誘い、スラム街へと足を進めた。スラム街に住む人々は皆貧しい。そう、スラム街とは貧民窟であるからだ。建ち並ぶ家々は、とても家とは呼べないほど粗末なもので損傷は激しく、汚れもひどい。ゴミは至る所に散乱しているし、害虫や病原菌もうじゃうじゃ徘徊している状態だ。裕福な貴族の者から見れば、とても人が住める所ではないと思うだろうし、その生活形態など想像もつかないことだろう。しかし、現に貧民はそういった場所で生活を送っているのだ。まさに、明日の食糧をも心配するような生活で、着る衣服はボロボロ、風呂さえ入ることができないため、体はとても不潔だ。そんな不衛生さが原因となって、重い病気にかかって死んでいく者も多い。裕福なナリティス王国でもこういったスラム街は存在するのだ。しかし、そんなスラム街に住む人々には何の関心も示さないのが実状である。中には奴隷として働かされて、一生束縛されたまま人生を終える人もいる。裕福な人にはとても考えられないことだ。そういった人たちを少なくしていくためには、社会的なしくみを根本的に変えていかなければならないだろう。政治のことは幼いジョゼフにはよくわからなかったが、唯一言えることは王侯貴族の者たちは皆貧民の生活を知り、考える必要があるということだった。まずはそこから始めなければならない。誰もが人間らしく生きること……。それは、ナリティスが国教としているナーガ教でも求めていることではないかと思う。

『もし、いつか自分が国王となったならば……！』

そのような国にしていきたいと、ジョゼフは心の中で誓いを立てていたのであった。その彼の大きな志はバランの心を打った。その決意は今後も決して失われないだろうとバランは思った。いや、忘れてほしくないと思った。少なくとも、バランは彼の言葉を信じたのだ。そして同時にバラン自身もまた心に誓いを立てていた。ジョゼフ王子と同じ志を抱くことを……。国民のだれもが人間らしく生きていける、そんな世の中の実現のために、バランはジョゼフに忠誠を誓うことにしたのだ。それが、生まれて初めて騎士になろうと決意したきっかけであったのだった。

「あの日以来、僕はずっと騎士になることを夢見て努力をしてきたんだ。ジョゼフ王子と同じ志を抱き、理想を現実に変えること……。僕はジョゼフ王子の傍らに仕え、ずっと戦い続けていきたかった……」

バランは膝の上で力強く拳をつくった。また一筋の涙がバランの目からこぼれていた。初めて騎士になろうと夢を抱いた頃から、今までの自分の努力を思い出してみる。これまで、一時でさえ夢を捨てようと思ったことはなかったはずだ。だが、今は違う。厳しすぎる現実がバランを襲った。憧れだった騎士サーディーの裏切り行為によって、夢は遠いものとなってしまったのだ。バランは面前のマフィレアにすべてを話すことにした。デビルハントのこと、その中で起こした大失敗、そして信じていたサーディーの本性。順番に詳しく話していった。マフィレアはそれをうなずきながら、また時々顔をしかめたりしながら最後まで静かに聞いてくれた。それは不思議な感覚だった。こんな自分の情けない話を好意を抱いている女性に話してしまうなんてことは、普段では考えられないことだった。しかし、バランは正直だった。それはあまりにも気持ちが追い込まれていたからかもしれない。心の奥では、自身が楽になることを望んでいたのだろう。他人に語ることによって、それは多少でも楽になることができる。確かに、すべてを語り終えると心が楽になった気がしたのだ。

「……ひどい……ね」

マフィレアは小さくそう言った。しかし、バランが打ち明けたことの中でサーディーに関してのことはほとんど愚痴でしかないだろう。今、最もバランがマフィレアに言いたいことは、彼女に対して嘘をついていたことの謝罪である。

「……それより、本当にごめん……。マフィレア……、君を騙すつもりじゃなかったんだ。君と初めて会ったあの夜、酒に酔ってつい調子に乗ってしまって……。それからも、何度か本当のことを言おうと思ったけど、なかなか言い出せなくて……」

初めは真剣な眼差しでバランを見つめていたマフィレアではあったが、次第に口元を緩ませて小さく首を横に振った。

「別にいいの……。私にとって、バランが騎士であろうと、そうでなかろうと、別に関係ないと思っているわ。……私は、バランという人間が好きなの。いつも、何にでも一生懸命な、そんなあなたが私は好き……。だからこうして付き合っているんだから……」

「……マフィレア……」

バランは自分の顔が赤くなっていくのを自覚していた。今まで知らなかった彼女の本当の気持ちが聞けて、とてもうれしかった。深い安堵感がバランを包んでいく。

「でもね、バラン……」

「え？」

「私は思うの」

「……え？　……何を……？」

「……バランこそが、正真正銘のナリティスの騎士であるってね」

マフィレアはそう言ってバランの瞳を見据えた。バランもそんな彼女の瞳から視線を逸らそうとしなかった。マフィレアの瞳はとても澄んでいて、まるですべてを見透かしているかのような神秘性もあり、母の愛のような優しさに満ちた瞳だった。彼女と目を合わせているだけで、体が熱くなり、そのまま燃え尽きてしまうかのような錯覚さえ覚えてしまう。

「……私は本当にそう思うわ。……だってあなたのような情熱を持った人、今まで会ったことがないもの……。バランと知り合ってそんなに長いとは言えないけど、私はこれまでバランを見てきて、すごく立派な人だと感じたし、騎士にふさわしい人だと思った……」

「……マフィレア……」

マフィレアの手がそっとバランの頬へ伸びた。そして、しばし二人が見詰めあったあと、マフィレアの淡い唇がバランの唇にそっと触れた。それは、とても温かく柔らかい感触だった。他の何にたとえようのない心地よい感覚がバランの全身を痺らせた。

『……マ、マフィ……レア……』

重なっていた唇が静かに離れ、その後もしばらくの間お互いの顔を見つめあった。マフィレアの顔がかすかに赤みを帯びている。バランも全身が熱くなっていくのを感じていた。おそらく、今の自分はタコのような顔の色をしていることだろう。意識すればするほど、じっとしていられないほどの高潮感がバランを襲う。バランにとって、これが生まれて初めての接吻、……ファーストキスであったのだ。

「……傷、ひどいね……」

ごまかすようにしてマフィレアはバランの頬の傷に注意を向けた。その生傷の前に指を漂わせて、そしてそっと傷口に触れてみた。それでバランは激しく反応したため、傷は見た目よりも結構深くて、痛みを持っているものだということがわかった。

「私の家に来て手当てしよう。良く効く薬草があるの……」

「あ、ああ。……ありがとう」

マフィレアが手を引き、バランは長椅子から立ち上がった。バランは少々照れ臭かったが、今は素直な気持ちになってマフィレアについていこうと思った。

マフィレアの住む家は王都の外れにあった。褐色のレンガ造りのそう新しくもない共同住宅であった。その三階建ての三階にある一部屋を借りて、マフィレアは生活をしているのだった。バランはマフィレアの住む家を知るのも、そして来るのも初めてのことだった。今まで彼女とは外で会うことばかりで、お互いの家を訪問することはなかったのである。世の共同住宅はそう立派なものではない。平和で裕福なナリティスの王都バーハラでもそれは同じだ。一室一室は個人が貸し切り、定期的に賃金を支払う。しかし便所は通路にあって共用であるのが普通だ。個々の部屋に設けられていることはほとんどない。厨房はそれぞれの部屋に小さいスペースで設けられているが、浴室はどこにも存在しない。入浴すること自体がそもそも贅沢の一種なのである。一戸建ての裕福な家でない限り、浴室は設備されていない。水も大量に使うし、薪をくべて湯を沸かすにもそれだけの燃料が必要になる。王都バーハラは他都市と違って井戸からの供給ではなく、上下水道が完備されているが、使用するのは当然タダではない。ナリティスは裕福な国とはいっても、一般庶民がそこまでの贅沢をできるほどこの世界自体が裕福ではないのだ。沐浴をしたいのであれば一般庶民は皆、共同浴場を利用する。共同浴場ならばよほど貧しい村でない限り町に一つぐらいは存在する。皆誰もがリラックスのできる唯一の施設だ。入浴に関しては龍神ナーガもその教えの中で薦めている。教えの中では水というものは清らかなものとされている。その水によって体を清めることは、心（魂）までも清められ、邪気を浄化すると言われているからだ。まさに光（正義）を司る神らしい教義である。世の中がそういう実態であって、マフィレアが住む部屋もさほど立派ではないし、生活自体も裕福ではない。しかし、彼女の部屋は狭くて古いものでありながらも、彼女の個性を生かした部屋にアレンジされていた。まず、部屋に入った瞬間に花の香りが鼻をついた。見ると、彼女の部屋全体が植物で満たされていたのであった。陽光の届かない部屋の内部には観葉植物が栽培され、乾燥された花（ドライフラワー）が飾られていた。そして日の当たる小さなベランダはぎっしりと色とりどりの花で満ち溢れていた。ラベンダー、ミント、ローズ、ジャスミン……といった香り高く健康によいとされるハーブがその多くを占め、その多くのハーブの中でも特に明るい紫色をしたラベンダーの花がベランダの大部分を占めていた。そのためかラベンダーの甘い薫りが部屋の中に強く染みついていた。匂いのもとはベランダのラベンダーの花だけではない。ラベンダーの花を瓶に詰めてポプリと呼ばれる状態にして飾ってあるため、ラベンダーの薫りがなおいっそう強いのだ。マフィレアは大の花好き……特にラベンダーの花に強い愛着を持っていることはバランも知っている。しかし、これほどまでに愛着があるとは想像していなかった。バランは深い感慨に浸っていた。当然香りだけが花のすべてではない。その色彩の美しさは、見る者に深い感動を与える。マフィレアの部屋はまるで一つの花畑のようだった。様々な色の花が部屋を美しく華やかに見せていた。この部屋に入って花ばかりが目についていたが、彼女の部屋の日常調度品も綺麗に整頓されていることにバランは遅れて気づいた。整理整頓までもしっかりと心がけている……、花が好きなうえに、かなり清潔好きな女性であるようだ。この部屋を見ただけで彼女の内面を知ることができる。しかし、バランが彼女の部屋から最も強く感じることができたのはラベンダーではなくミントの香りでもない、……『女性』という名の香りであった。

バランが長椅子に腰を落ち着かせるとマフィレアは奥の部屋へと消えて行った。しばらくしてマフィレアは手の平ほどの大きさの小瓶を持って戻って来た。彼女はバランの横に並んで腰を下ろすと瓶を栓していたコルクを引き抜いた。中には緑色をした糊状の物体が入っており、鼻をさすようなきつい匂いが広がった。

「三種類の薬草を潰して練って作った薬よ。切傷や擦傷によく効くの」

とマフィレアは説明をしてくれた。彼女が言うにはこの他にもたくさんの自家製の薬を持っているという。書物で勉強し、身につけた知識であるというのだ。その用途は様々であるらしい。打撲に効くものや、火傷に効くもの、または肌の荒れにも効く薬があるという。どれも見かけや匂いは悪く、使用すると沁みるものが多いらしいが、効果は抜群であるとマフィレアは自信を持って語ってくれた。

この擦傷や切傷に効能のある薬もひどい匂いだった。けれど彼女の優しさを拒むことは決してしたくなかった。黙ってバランはそれを受け入れた。マフィレアは自分の指で薬をすくい、バランの傷口に塗りつけた。かなり沁みて瞬間的に苦痛だったが、これがのちのちに効果を発揮することを思い、じっと耐えた。マフィレアは手当を終えると再び部屋を去っていき、そしてまたしばらくしてから部屋に戻ってきた。今度彼女の手にはカップが握られていた。カップからは湯気が立っており、香ばしい香りを漂わせていた。

「ハーブティーよ。飲むと心が落ち着くの……」

「ありがとう」

カップの中には赤茶色をした液体が入っていた。マフィレアの説明によるとハーブの中でもローズの葉を使って作った茶、ローズティーであるという。うっとりするような香りのよさ。バランは一気に飲み干した。香りだけでなく味も満点であり、体はとても温まって、ほっと心が落ち着いたような気がした。こんなにおいしいものがあったのか、とバランは感動し、またマフィレアの花に対する知識の深さに感心した。心が落ち着いた時、彼の横にいたマフィレアは、バランの肩に頭を預けるようにして寄り添ってきた。バランの胸がどきっと高鳴る。ちらりと横目で視線を向けると、マフィレアとばっちり目が合った。そこで魔法にかかったかのように、じっと二人は見つめあった。気持ちが高ぶって体が熱くなり、意識が白濁していくような感じさえあった。そして見えない力でひかれ合ったようにして二人は唇と唇を重ねた。濡れた唇はしばらくの間離れなかった。キスの間、マフィレアの体は緊張のためかかすかに震えていた。バランはその震えを止めるかのように彼女の背に腕を回し、強く抱き締めた。それは、マフィレアだけでなく、自分の震えも隠すための行為であったかもしれない。しかしそのことによってより長く、深く接吻を交わし、愛情が高まっていった。

「元気出して……。バラン……」

優しさに満ちたマフィレアの瞳。それは他人を魅了する不思議な力があるかのようだ。ただ美しいという形容詞だけでは、この神秘性を含んだ彼女の瞳を表現しきれないだろう。バランはマフィレアを母なる大地の女神ラクシャミか、もしくは愛の女神キクリーの化身ではないかと錯覚を起こしてしまうほど彼女に心奪われていた。

「私はバランの味方だから……。ずっと応援してる……。だから夢を諦めないで……。がんばって、バラン……」

「……マーフィー。……ありがとう」

バランは最も大切に思う女性を愛称で呼んだ。そして彼は今一度マフィレアの背中に腕を回して、強く抱き締めた。マフィレアの体は温かく、柔らかく、そして華奢だった。強く抱き締めると壊れてしまいそうだった。でも力を込めずにはいられなかった。マフィレアを胸が張り裂けそうなほど愛しく感じていたからだ。

そのまま二人は寝台に沈んだ。互いに一糸纏わぬ姿となって、激しく、そして深く肉体を絡め合った。夢中になって体を愛撫し、双方の肉体を激しく打ちつけ合った。汗と体液にまみれながら、喘ぎを漏らし、体を愛した。バランは女の柔らかくて温かいぬくもりに埋もれ、マフィレアはバランの男としてのたくましさを感じ、そして自分はか弱い女性であることを強く感じさせられた。これは深い愛情による愛撫なのか、それとも慰めのための行為なのか、はたまた互いの心に潜んでいた寂しさを紛らわすためのものだったのか、正直二人にはわからなかった。けれども、今はそのうちのどれであろうと構わないと感じていた。こうして二人が一晩中寝台を共にして互いのぬくもりを感じ合えていられればそれでいいと思った。次第に意識は白濁していく。そうして二人はこの夜、情熱によって燃え尽きたのだった。

同じ夜のこと、聖騎士サーディーは恋人であるキャサリン・バーキンとサーディーの部屋の寝台の上で体を愛し合っていた。ことが終わると、サーディーはキャサリンを見送りもせず部屋から追い出し、自宅に帰らせた。でもそれは今日に限ったことではなく、いつものことだった。キャサリンは優しくない彼の行動に不満があったが、彼の機嫌を損ねてしまうことだけが怖くて、文句を言えずにいた。彼とは別れたくないからだ。サーディーのほうからしてみれば、キャサリンが怒っていようとまったく気にならなかった。他にも女がいるからだ。そのどれもが名のある貴族の娘であり、または婦人であった。皆人並み以上の美人だった。そうでなくてはサーディーは興味を持たないのだ。だから彼女が離れていってもキャサリンはサーディーからしてみれば数多い女たちの一人に過ぎないのだ。キャサ困ることはない。愛人が一人去っていったという感覚でしかないのだ。彼女の父親が騎士学院時代に世話になった男であっても今のサーディーには関係なかった。それに、キャサリンを故意に振らない限り彼女が父親に泣きつくことはしないという自信もあった。キャサリンが自分にぞっこんであるということをサーディーは知っている。自分に抱かれ続け、聖騎士サーディー・マックランの彼女でいられるならば、キャサリンは他に何も望んだりしないのだ。馬鹿な女だ、とサーディーはいつも思っている。しかし彼女がそういう性格であるからこそ、サーディーにとっては好都合でもあるのだ。

サーディーは一人で寝台に横になる。敷布の上には二人の体温と汗のせいで生温かく湿っていた。明晩はまた別の女がこの寝台で裸になる予定だ。サーディーにとって毎夜の性の宴が生きる楽しみでもあった。彼は今夜の行いで体力を激しく消耗したためか、寝台に横になるとすぐに睡魔に襲われた。気づけば彼は夢の中にいた。

……だがしばらくして、何者かの気配を感じてサーディーは目を覚ました。暗い部屋の中に、何者かの影が立っていた。その影は目覚めたサーディーに突然襲いかかってきた。サーディーはとっさに寝台の上を転がって床に下りる。その瞬間、短剣が振り下ろされて寝台の敷布をズタズタに裂いていた。ほんの一瞬の差だった。気づくのが遅れていたら短剣で体をズタズタにされていたことだろう。

だが、左腕に痛みが走った。見ると肌が裂けて血が滲んでいる。短剣を完全にかわしきれなくて傷を負ってしまっていたのだ。だがたいした傷ではなく、サーディーは謎の侵入者から距離をあけて愛剣を握った。剣さえ持てば負けない自信があった。

「何者だ!?」

サーディーは剣を抜いて構えた。謎の侵入者は短剣を握り直してゆっくりとサーディーに近づいてくる。サーディーはその者の動きを警戒しながらじりじりと後退し、背が壁についた。そして、近くの窓の閉ざされたカーテンを勢いよく開ける。すると、月の明かりが部屋の内部を照らした。そのわずかな明かりで謎の侵入者の姿が浮かび上がったのだ。サーディーはその人物の顔を見て目を見開いた。

「……お前が……！　今暗躍している暗殺者なのか……！」

その瞬間、サーディーの全身に痺れが走った。腕も痙攣を起こし、力が入らない。しっかり握っていたはずの剣も床に落としてしまった。

「……こ、これは……!?　まさか……？」

謎の侵入者……暗殺者の持つ短剣には毒が塗られていたのだ。その毒は傷口から体内に入り、全身の自由を奪う。やがて、心臓の動きも止めてしまう恐ろしい猛毒なのだ。

「……し、しまった……！　この私としたことが……！」

サーディーの体はガクガクと痙攣を起こし、崩れるようにして壁にもたれかかった。そんなサーディーに暗殺者は近づいていく。サーディーの顔は恐怖で蒼白になった。

「……た、頼む……！　助けてくれ……。……な、なにが望みなんだ……？　金か……？　金ならいくらでもやる……！　だから……、頼む……！」

サーディーは涙目になって懇願した。これが皆から慕われている聖騎士の姿とはとても思えなかった。暗殺者はサーディーを見てゆっくりと首を横に振った。それを見てサーディーは悲鳴を上げて怯え、背を丸くする。そんな聖騎士に暗殺者は短剣を振り下ろした。

「ギャアアアアッ！」

肉を切り裂く音と、サーディーの悲痛な叫び声が夜の闇の中に響き渡るのだった。

翌日。マフィレアの家で一夜を明かしたバランは、昼過ぎになって帰路についた。王都の街路を自分の館に向かって歩を進めて行く。

……昨晩の出来事。それは彼女に思いを寄せるバランにとってはとても幸せなことだった。昨日はサーディーの本性を知って悲しみと絶望のどん底に叩き落された。心も破壊されてしまって、本当にどうにかなってしまいそうだった。だが、マフィレアがその心を救ってくれた。彼女が温かい優しさで包んでくれたのだ。本当に救われた感じがした。その一夜の出来事で現実がどう変わるわけではなかったが、バラン自身に生きる気力が湧いてきたのは事実だった。バランは今朝目覚めた時、昨夜の出来事は夢ではなかったのかと一瞬思ってしまった。しかし、その時マフィレアは一糸纏わぬ姿で自分の横で眠っていたのだ。それで夢ではなかったと実感することができた。そっとマフィレアの手に触れてみた。温かくて柔らかい感触……。生きている、そして夢ではないという証拠だった。

……そのぬくもりが今でもバランの手に残っていた。バランは自分の手を見つめながら、小さく微笑んだ。……だがその時、

「おーい！　大変だー！　バラン！」

耳を劈《つんざ》くような大声がバランの背後から響いた。振り返ると、ゴムスが血相を変えて駆け寄ってくる。長い距離を走ったのだろうか、激しく息を切らしてとてもつらそうだった。

「……どうしたんだ？　そんなに慌てて……」

「大変なんだ……！」

「だから何がなんだ？」

「サーディーさんが……！　……サーディーさんが殺されてしまったんだよ！」

「何だって!?」

一瞬ゴムスが言ったことが信じられなかった。彼はいつもふざけて冗談ばかり言っているからだ。信用がないのである。バランは疑いの目でゴムスを見る。だが彼は頭を振る。

「本当なんだ！　昨日の晩、例の暗殺者にやられちまったんだよ……！」

ゴムスは真剣そのものだった。どうやら嘘をついてはいないようだった。そうなると、これは大変なことが起きたとバランの心は激しく動揺した。

「……サーディーが……。あのサーディーが暗殺者に……」

バランは呆然としながらつぶやいていた。

何と、暗躍する暗殺者による第五人目の犠牲者は、将来ナリティス王国を背負うとまで期待されていた若き英雄だった。彼は自宅である館の寝台の上で心臓をひと突きにされた状態で、翌朝使用人によって発見されたのであった。この事件は、遺体が発見されたその日のうちに王都中に広まり、人々は大きな衝撃を受けて絶望していた。国王も文官も多くの貴族の者たちも、そしてあらゆる騎士やバーハラに住む住民たちの多くが、この悲報を聞いて悲しみの深淵に落ち、沈んだ。サーディー・マックラン。享年二十六歳であった。

Ⅶ　愛の女神

王都中央広場、塔時計の鐘が三度鳴り響いた。午後三時を知らせる鐘の音だ。時を同じくして、王都西部にあるナリティス唯一の騎士学院の鐘も、塔時計と同じく三度打ち鳴らされていた。その鐘の音が騎士学院の教室内の緊張と静寂を破り、学徒たちから一斉にあくびやため息が漏れた。この鐘の音が鳴るまで騎士学院の学徒たちは、講師による礼儀作法の講習を受けていたのだ。延々と続けられた講師の退屈な長話から解放されて、学徒達は自由時間の到来を心から喜んでいた。鐘の音が鳴り終わると同時に教室を飛び出していく学徒もあれば、机の上にふさぎこんでしばしの睡眠に入ろうとする学徒の姿もあり、または数人が一ヵ所に集まって談笑している学徒たちの姿なども見られた。

先刻まで約二時間ほど続けられた礼儀作法の講習の内容は、何度も留年も重ねているバランにとっては耳にたこができるぐらい聞いた話であった。だから、今回も講習など聞く必要もなかったのだが、ただ学徒の義務として、仕方なくこの講習を受けていたのだ。けれども講師の話などは、最近のバランには耳から耳へと筒抜けの状態にあったのだ。近頃のバランはボーッと呆《ほう》けていることが多く、勉強も武術修行にもあまり身が入らない。それは先日起きた暗殺事件がバランに大きな動揺を与えていたからであった。

聖騎士サーディー・マックランが自宅で暗殺されてから早くもひと月が経とうとしていた。将来を期待されていた若き有能な聖騎士の死は、全国民に大きな衝撃を与えた。国王をはじめ多くの騎士や兵士は、あまにも早すぎる彼の非業の死を悲しんだ。強い衝撃を受けたのはバランも同じだった。バランは皆が知らないサーディーの裏の顔を知っている。それがとても卑劣極まりない、醜い姿であることを知っている。バランはそんなサーディーに裏切られた人間の一人である。サーディーが殺害されたと聞いて、バランは心のどこかでほっとしたのは確かだった。自分を騙し続け、夢を奪おうとした男だ……、それぐらいの報いは当然受けるべきだ……と、そんな思いがバランにはあったのだ。しかしその反面、昔から親しくしていた彼がこの世を去って、その死を悼む自分が存在するのもまた事実であった。いくらひどい人間であったとしても、将来を有望視された騎士ほどの男が暗殺者によって命を奪われてしまったとは、何とも哀れな最期であったのかとも思う。実はバランには、まだサーディーのことを信じたいという気持ちが心のどこかに残っていた。一度会って本当のことを直接問いただしたかったと思うが、死んでしまってはそれももう出来ない。バランははっきりしない複雑な心境に陥っていたのであった。あの日、学院長とサーディーの企みを耳にして、バランは自分がいくら努力をしても騎士になれない立場であることを知った。このままがんばって修行を続けても、騎士学院で行われる騎士叙任試験では、半永久的に合格することはない。第一、バランにとってチャンスは、あとたったの一度である。どう考えても合格することは無理なのだ。サーディーが死んだからといって、その企みが消えるようには思えなかった。となれば、バランにとって騎士になるための確実な方法とは、二つに絞られたとバランは考えていた。

第一には、国王から直々に騎士叙任を受けることだ。国家にとって、何らかの重要な働きを見せ、輝かしい功績を挙げた場合騎士として迎え入れてくれることがある。例えば今現在暗躍している暗殺者を捕獲し、連続多発しているこの忌まわしい事件を解決すれば、確実に騎士への道が開かれることだろう。しかし、それはとても困難なことであることはバラン自身重々承知している。現在は事件解決に国家が全総力を挙げているのだ。数多くの衛兵が必死になって捜査を続けている。そしてその捜査には宮廷魔術師モドルフや、その弟子である多くの魔術師たちが参加している。魔法の力を使ってまで事件解決を目指す動きが生じているのである。しかし、それでもまだ暗殺者逮捕には至っていない。それにつながる重要な手がかりでさえつかめていないようなのだ。専門家たちがそのように苦労しても、光明は見出せていない。それを一介の騎士見習いであるバランが、容易に解決できる問題ではないはずだ。

第二に、聖騎士サーディーと学院長の詐欺疑惑を公表することである。その企みが公になれば、当然学院長は捕われる。そうすれば学院長も代わり、騎士叙任試験の形態も大きく変わるはずだ。そうすればバランは試験に正当な立場で臨めることになる。また、学院長の企みを暴露すれば、これ以上の被害拡大を阻止した功績を国王に認められ、騎士として迎えてもらえる可能性が少ないながらも皆無ではないだろう。……だが、これにも大きな問題があった。バランには、形に残る証拠を何も持っていないのだ。確かにサーディーの馬車の中でその事実を盗み聞きしたわけだが、それ以外に確たる証拠がない。宮廷の者に話しても、バランの狂言ではないかといって相手にされないかもしれないし、逆に自分が怪しい奴だと疑われる可能性もある。亡きサーディーもそうだが、現学院長も宮廷からは厚い信頼を受けている。今ではなぜあの二人が……、と疑問に思ってしまうものだが、それが事実なのだ。一介の騎士見習いが騒ぎ立てたところで、耳を傾けてくれる保証はない。世はそういったところで公平でないことが多い。こういった封建社会では尚のこと、立場が弱い者は結局、泣き寝入りで終わってしまうことも少なくない。この時世、危険人物やらうっとうしい存在だと思われた場合、大きな勢力を持つ者に闇で消されることも多々ある。もしバランの主張を宮廷が聞き入れてくれたとして、調査までした結果に、もし闇のルートのことが見つからなかったとしたら、バランはかなりまずい立場に立たされることになる。ましてや今は暗殺者問題で宮廷はピリピリしている状態なのだ。どのような処罰を下されるか想像もできない。これは大きな賭事のようにさえ思う。そう考えると、今のバランの立場から学院長の悪行を暴露することは、決して良い案ではないのかもしれない。伴う危険が大きいのだ。

バランが騎士になるために残された二つの手段とは、それらのことだ。どちらも完璧ではない。バランにとって、騎士とはまだまだ遠い存在にあるのだ。バラン自身これからどうすればいいのか、まだはっきりと決められていない。だが、わずかでも可能性がある限りは進むべきだと彼は思った。絶対に自分から諦めたりはしないと堅く決意していた。だからとりあえず、騎士学院には通い続け、そして教養と体力を身に付け続けることにしたのだ。こうして、騎士学院に今も通い続けるバランの姿があるのだった。

サーディーが殺害されてからこの一か月、暗殺事件は起きていない。二か月に五人というペースで事件が発生していたことから考えると、一か月も事件が起きていないというのはかなり落ち着いているといえよう。いっぽう、それを捜査する衛兵たちも毎日努力はしているものの、手がかりさえ摑めないでいる。この一か月の間は平穏で、周囲で変わったことなど何もなかった。ただ一つだけ、バランとマフィレアの関係には、微妙な変化が見られたのであった。

サーディーが殺害された頃から、二人が会う時間は極端に減っていた。バランがマフィレアを誘う頻度は変わっていないのだが、マフィレアがそれを断る回数が増えてきたのだ。バランが誘う日はたまたまマフィレアにとって都合が悪い時が多いだけかもしれないのだが、気になるのはその理由だ。都合が悪いというだけで、具体的にどのような用事があるのか、詳細は明かしてくれない。いつだかは仕事が忙しくて……と一度そう理由をつけたことがあったが、夜、花屋でやる仕事などバランには見当がつかなかった。仕事というのは嘘で、実際は他の友人と約束があったのかもしれないともバランは思った。だがそれにしては嘘をついてまで隠す必要はまったくないのだし、第一マフィレアに親しい友人がいるというのは今まで聞いたことがないのだ。マフィレアがこの王都バーハラに引っ越してきたのは最近のことで、知人はほとんどいないということをバランは彼女から聞いている。その中でもバランが一番手に存在するわけであり、だからこそプライベートで会う回数も多いわけなのだ。

……マフィレアが自分に何か隠しごとをしている……。そんな不信感もバランの心の中に生まれていた。そして、マフィレアが自分と距離をあけようとしているのではないかという疑惑も、バランは抱き始めていた。それがどのような理由でかははっきりわからない。しかし、あの日以降、……二人が寝台を共にしたあの夜以来、二人の間の距離が離れてしまっているのは事実だ。そうなってからバランは、自分とマフィレアの関係は一体何なのだろう、という疑問を抱くようになった。バランは正直なところマフィレアに好感を抱いている。いや、もう好感という程度のものではなく、一種の愛情とも呼ばれるものだった。彼は恋をしていたのだ。だから、頻繁にマフィレアを食事などに誘ったりしていたわけなのだ。バラン自身はマフィレアとは恋人という関係にあると思っていた。……しかし、それは確かなことではないとバランは気づいた。二人はこれまで互いの想いをはっきりと言葉で告白したことがないのだ。だから二人の関係は恋人同士であると、断言できない。それはバランの単なる思い込みであるのかもしれないのだ。男女の関係はとても複雑だ。自分たちは恋人関係であるとか、友達という関係であるとか、そういった認識を互いに確認しておかなければ二人の間に誤解が生じていることがある。自分は恋人関係にあると思っていても、相手は友達としか見ていないということもありうる。互いの間に愛を示すような言葉がなければ、そういう状況に陥る可能性は十分に考えられるのだ。バランとマフィレアはプライベートで何度も会っているのだから、互いに好感は抱いているとは思う。しかし、愛の言葉がなかったために現在のように、二人は恋人なのか、それともただの友達なのかわからなくなる状態になってしまったのだ。二人が会う約束を交わし、プライベートで頻繁に会っていたとしても、それが＝《イコール》恋人関係であるということにはならない。それに、肉体関係も同様だ。二人の間に肉体関係があったとしても、それがすべて＝恋人関係にはならないのだ。世には様々な人がいて、様々な関係の人々がいる。そんな常識など確立はしていない。サーディーが殺害された同じ夜に、バランとマフィレアは寝台を共にした。でもその肉体関係の事実こそが、純情であるバランが恋人関係にあると思い込んでしまうのに十分な出来事であり、決定的な要因だった。だからこそ、バランは今の距離があいた二人の関係が納得いかず、不安を感じるのであった。この不安を抹消するためには、マフィレアとの話し合いが必要であった。話し合いというより、確認である。自分達はどういう付き合いをしているのかを……。しかし、決めるのは簡単だがいざ実行に移すとなると勇気がいるものだ。彼女に尋ねてみて、もし返答が友達関係であったとしたらショックは大きい。バランはずっと恋人関係にあると思い込んでいたのだから、とんだ恥である。しかし、本当にそういう言葉が返ってきたとしたら、一体彼女にとって恋人関係とはどのようなものをいうのだろうか、とも思う。今までの付き合いが十分それに当てはまるものだとバランは思っているのに、マフィレアにとってはもっと違うものをいうのだろうか。マフィレアとの距離があいてしまったことにより、バランの心には彼女への愛しさと、そして不安が増していくのだった。

　神聖王国ナリティスでは、年に一度春先に大きな行事が行われる。それは、仮面舞踏会だ。その舞踏会は王侯貴族や、街の富豪など身分の高い者たちの社交会であり、盛大に行われるパーティーなのである。その名のとおり、参加者は何らかに変装し、仮面をつけて素顔を隠し、音楽に合わせてダンスを楽しむ。舞踏会には贅沢な料理が並べられ、高級な酒が樽のまま浴びれるほど用意されている。音楽隊が奏でる音楽に合わせて、個人個人が独特のダンスを披露するのだ。また舞踏会は男女の出会いの場でもある。この舞踏会で出会い、結ばれる者も数多くいる。それが目的で舞踏会に参加する者も少なくはないのだ。踊りや音楽を純粋に楽しむ者や、料理や酒を愛する者、または出会いを楽しみにする者たちにとって、この舞踏会は大切な行事なのだ。実際に多くの者が毎年春の舞踏会を心待ちにしている。特に、王族はこの舞踏会をとても大切にしているということで有名である。毎年王族の見事な変装ぶりがかなりの評判である。馬に変装したり、豚に変装したり、または虎の恰好をするなど、多種多様だ。しかし当然その衣装には莫大な費用がかかっている。普通は舞踏会の半年ほども前から衣装作りなどの準備を始める。中でも熱心な者は、その年の舞踏会が終わり次第翌年の舞踏会の準備に入る者もいる。そのように数多くの者達がナリティスの仮面舞踏会を愛し、待ち焦がれているのである。バランもまた、仮面舞踏会を愛する者の一人である。彼は貴族なので、舞踏会に参加する資格がある。これまで舞踏会には家族で参加していた。近年はもう大人ということもあって、舞踏会の中では家族と行動を共にしてはいなかったが……。仮面舞踏会はバランにとって夢の舞台でもあった。踊りも音楽も好きだし、出される料理は腕のいい料理人がつくるのでとても美味だ。それをたらふく食うことができるのだから、まさに幸せだった。そして彼も、この舞台で出会いを求める青年の一人であった。美しい女性とこの舞踏会で一緒に踊りを踊ることができれば、この上ない幸せだとずっと夢見ているのである。だがバランは今年の舞踏会では新しい出会いは求めていない。今、彼には恋する女性がいるからである。マフィレア・トールフィン。三月《みつき》前に出会った美しい女性だ。バランは今年の舞踏会には彼女と参加し、そしていっしょにダンスを踊ることを楽しみにしている。マフィレアは貴族ではないが、貴族の者から特別招待されれば参加することは出来るのである。しかもマフィレアを誘うことに、ほんの一か月前までは何の不安も抱いてはいなかっただろう。

しかし、今は違う。バランが誘っても、彼女が来てくれるとは限らないのだ。現に最近では三回に二回は誘いを断られている有り様だ。でも、仮面舞踏会だけにはどうしても彼女と参加したいという強い願望がある。仮面舞踏会まで残り十日余り。バランの心には焦りが生じていた。

王都バーハラでは、舞踏会の準備と同時進行で舞踏会当日の警備についての強化が図られていた。この数か月王都バーハラでは暗殺事件が多発している。その被害者は貴族など、身分の高い人物ばかりだ。特に、その中でナーガ神を深く信仰している人物が暗殺の対象となっている傾向がある。そのことから、この事件はナーガの対極の神である暗黒神ファフニール教信者の犯行であると推測されている。ファフニールの存在は、ナーガ教にとって、またナリティス王国全国民にとって忌むべきものである。この国内では決して認めてはならないものであるのだ。暗殺事件の容疑がファフニール教にかかっているという事実を国民が知って、畏怖し、憤怒し、事件の早期解決を心から望んだ。王侯貴族が中心で行われる仮面舞踏会は、暗殺者にとって絶好の仕事の場であるに違いはないのだ。多くの騎士、貴族、貴夫人が宮殿に集う。それぞれが何らかの姿に変装し、仮面によって素顔を隠す。闇の中や物陰で行動を起こす暗殺者《アサッシン》にとって、これほど好都合の時があろうか。それでもこの仮面舞踏会を強行するというのは、国民から狂気の沙汰であると非難が上がっていた。しかし、中止にすることはナリティスの伝統に大きな傷をつけることになる。舞踏会の開催については上級騎士たちの間で会議が開かれて様々な意見が交わされた。その結果、過半数多数の賛成によって、そして王族が決行の意志をもっていた事が重視されて、舞踏会は強行されることになったのだ。その問題の暗殺者対策として、衛兵、衛視の数を増強させて、役割を細かく分担し、一人ひとりに責任感を持たせ、当日の舞踏会は厳重に警備を敷くことが決定された。

舞踏会まで残り一週間と迫った頃、王城周辺には多くの人の姿が見られた。祭りの準備にせわしなく動いている商人や職人の多忙な姿もあれば、当日の警備を担当する衛兵たちの姿も多く見られて、物々しい光景にただならぬ緊迫感もあった。バランは休日に友人のゴムスを誘って王城の近くまで様子見に来ていた。王都と同じ名を持つバーハラ城には、普段はきちんとした用事でもなければ訪れたりはしない。王族の住む城なのだ、気軽に来られるはずもない。だが、自分達も参加するつもりでいる舞踏会は一週間後に迫っているので、その舞台となる場所を事前に確認しておきたいと思い、バランたちはわざわざここまで足を運んで来たのだ。バーハラ城は白大理石で作られた美しい城だ。その白さは北方の水鳥スワンの羽毛にもたとえられている。白さは光、または正義をも象徴している。天空の神であり、龍族の王であり、正義を司っているナーガがこの地上に残した城だけあって、神秘性に富んだ美しい城である。その神々しさからバーハラ城という名の他に、別名神龍城《ドラゴンキャスル》とも呼ばれている。バーハラ城が建築されたのは千年ほども前のことだ。このナリティス王国が建国された時にバーハラ城の建造が開始され、およそ十年という歳月をかけて完成された城だ。その建築には世界で最も精巧な技術力を持つと言われている大地の妖精ドワーフが、何百人という人数で携わり、精根かたむけて建てたものだ。外観の美しさを損なわず、外敵からの防衛能力に長け、または居住面にも便利であるよう趣向が凝らされているのだ。まさに、最高の職人ドワーフが丹誠込めて作った作品だけはあると言えるのだ。しかし、いくら美しい城であっても、何十、何百という年月の風化は免れることは出来ない。そこでバーハラ城は何十年に一度は補修工事が行われる。これもドワーフたちの手によって行われるのだ。補修工事のたびに多大な費用がかかるが、伝統あるバーハラ城の外観維持のためならどれほどの出費でも惜しまれない。そうした背景があって、千年たった今もなお、その壮麗なる美しい外観を維持していることが出来るのだ。その美しい城は他国でも名が知られないはずがなかった。大陸一、いやもしくは世界一とも謳われるバーハラ城は、この群雄割拠の時代の全世界の各国の王達が財産を叩いてまでも手に入れたい城であるに違いない。そんな荘厳華麗な城の前に、バランとゴムスはいた。その城の美しさに、その歴史ある城の威厳に満ちた外観に、バランたちは足がすくみ上がる感じを受ける。バーハラ城に来ると、騎士になりたいという思いが、古傷が痛む時のように思い出されて疼くのだ。いつかこの城に集うような騎士になりたい。バランはここに来て、改めて夢を思い描くのであった。そして、一週間後にはこのバーハラ城の中で仮面舞踏会が行われる。王城の一画にはドリス式の円柱を連ねた神殿風の建物がある。ここを宮殿と呼んでいる。一般的に城としての機能が形骸化し、政治の中心としての役割が強いものを宮殿と呼ぶ事が多いようだが、バーハラでは違うようだ。この宮殿では主に祭事が行われる。毎年の仮面舞踏会もこの場所で行われるのだ。こんな美しい場所で美しき女性とナリティィス式のダンスを踊る……。そんな自分の姿を想像しては、バランは悦に入っていた。そんな時に隣のゴムスに呼びかけられて、バランは現実の世界へと戻された。

「なあ、バラン。今年の舞踏会はどうするつもりだよ?」

「……どうするって、何をだよ？」

「変装のことだよ。お前何か準備しているのか？」

「……ん、ああ。まあな……」

何だそのことか、とバランは思った。バランは舞踏会の愛好家の一人でもある。舞踏会に臨む気持ちは普通の者よりも強い。しかし、変装に関してはさほど熱心ではなかった。確かにもう三月ほど前から準備は始めているが、自慢できるほど趣向を凝らした衣装を用意しているとは言えない。

「……実は俺迷っているんだよな……」

「何をだ？」

バランは首を傾《かし》げた。

「衣装だよ。去年はあの鼻の長い象をやっただろ？　今年は何にしようかと迷っているんだよ」

「なにっ、舞踏会までもう一週間しかないんだぞ。今さら何を言ってるんだ……！」

衣装の製作を残りの一週間で出来るはずがなかった。たとえできたとしても時間のなさに妥協して、粗末な物で終わらせてしまうに違いなかった。でもゴムスは平然としていた。

「いやいや、もう二種類の衣装を同時に作っている途中なんだよ。どっちがいいか、なかなか決められなくてさ、ここまできてしまったんだが」

「なんだ、それを早く言えよ」

他人事だというのに、少し焦った気持ちになった自分を馬鹿馬鹿しく思った。しかし、ゴムス自身の表情は渋いままだ。意外と彼なりに悩んでいるようだった。

「……去年は象をやって失敗したからなぁ。あの鼻が邪魔になってなぁ」

ゴムスの言葉でバランは去年の舞踏会を思い出した。確かにゴムスの衣装は象をイメージしたなかなかの仕上がり具合だった。けれど、あの長い鼻だけは失敗だったようだ。自分の顔から布でできた象の長い鼻をたらしたら、妙に息苦しくて、ダンスを踊ればすぐに息がきれてしまい、酸欠になってしまったのだ。実際ゴムスは去年、その日出会った美しいお嬢様のダンスの相手をしていたら、ついつい調子にのってしまって象の鼻をつけたまま踊り続け、しまいには酸欠になってぶっ倒れたのだった。あの恥辱は、深くゴムスの心に傷として残っていることだろう。事件はそれだけではない。鼻が長いものだから、ゴムスが振り向く度に鼻が揺れて他人の顔にぶつかったりするのだ。運悪く大臣の頭を直撃した時は、本人のみならず傍らにいたバランも冷や汗を流したものだ。大臣は温厚な人物であり、めでたい祭りの場ということもあって笑いで済まされたからよかったものの、あの時のことは今でも鮮明に覚えている。今年の舞踏会ではあのような失態に巻き込まれるのは、もう御免であった。しかし、苦い思い出とはいえ、所詮他人のことだ。回想すれば笑いが込み上げて来た。思い出し笑いを必死に堪えようとしているバランを横目で見ながらゴムスは話を続けた。

「今回はな、ロバにしようか……、それともマンティコアにしようかと考えているんだよ」

それを聞いてバランの笑いはすっと消えていった。さらに冷たいものが背筋を走る。

「なっ、お前それは嫌味か。マンティコアなんて、冗談じゃない……！」

マンティコアとはモンスターの一種だ。先月バランが失敗を犯し、十人近くの仲間をマンティコアに殺害されているのだ。その事件での苦痛は今でもバランの心を蝕んでいる。これは一生消えることのない大きな傷なのだ。

「いや、別にそういうつもりじゃないんだけどな……」

「そもそも、モンスターの変装をすること自体ご法度じゃないか。ここは神聖王国ナリティスだぞ。悪の根源であるモンスターの衣装など着たら、どんな罰を受けるかしれたもんじゃないぞ」

「そ、そうか……。そうだよな……」

ゴムスは肩を落とし、ひどく落胆した表情を見せた。よほど残念なことだったのだろう。

「じゃあ、しょうがない。ロバにするか……」

ゴムスはそうあっさりと言って急に笑顔になった。まったく、立ち直りの早い奴だと、バランは内心呆れていた。立ち直りが早いだけでなく、もともとあまり悩まない性格の持ち主であるのだ。そんな精神的な強さをバランは羨ましくも思っているのだった。

ゴムスはバランと並んで歩きながら、小言でロバ、ロバと繰り返している。その顔はにやけていて、いかにも楽しそうだ。

「……うーん。ロバなら結構いけるかもしれないな。今年こそはな、俺ももうすぐ十代が終わることだし……」

「何のことだ？　それは？」

気になってバランが質問した。

「いや、彼女のことだよ。今年の舞踏会では美しい彼女を摑まえないとなぁ。……ロバならユーモアもあって、なかなか人気を集められるんじゃないかな。……どう思う？」

ゴムスの舞踏会に出る目的は女性との出会いにあるようだ。彼には純粋にダンスや音楽を楽しむといった気持ちなどないようだ。少し軽蔑の感情も湧いた。けれども、バランも他人のことは言えないと思えた。自分もマフィレアと一緒に舞踏会に出ようと考えていたからだ。……そんな時、バランはふとあることを思いついた。今回の舞踏会で彼女に正式に告白をしよう……、そう思ったのだ。ここでお互いの気持ちを語って、二人の関係を確かなものにしようと考えた。告白するには、うってつけの場面であるようにも思える。

二人はそんなことを思い巡らせながら王城の外堀を回っていた。外壁の内側には、数多くの武装した衛兵たちの姿が見える。その数の多さから、今回の舞踏会の警備の厳重さが窺いしれる。そんな時、ゴムスが前方を見て疑問の声を上げた。

「あれは何だ？」

「え？」

バランもゴムスが指を差した方向に視線を向ける。その先には長く続く人の列が出来ていた。その列は延々と延びて、宮殿の入り口へと続いている。並んでいる人々は若い者から中年を過ぎた者まで様々だ。だが比較的女性が多い感じがした。彼女らは皆、籠のような物を持ち、中には大きな荷車を引いて並んでいる人の姿も見られた。そしてその籠や荷車の中には溢れんばかりの花が積まれているのであった。

「みんな花を運んでいる……？」

バランがいぶかしげにその光景を見ていた。大量の花を宮殿に運ぶとは、舞踏会の装飾にでも使われるのだろうかと思った。しかし、それにしても量が多いと感じた。皆が運んでいる花を寄せ集めれば、中庭など花で埋まってしまうのではないかと思われるほどの量だった。それを見てゴムスの表情がにやつき、ポンと手を打った。

「ハハーン、わかったぞ……！」

「ん？　何がだ？」

「花だよ、花」

「それは見ればわかるだろう」

当然だというような顔をしてゴムスの顔を見つめる。だがゴムスは、何もわかってないなぁといった表情をバランに向けてかぶりを横に振った。

「バラン知らないのか？　例の暗殺者情報だよ」

「暗殺者の……？」

「ああ。実はサーディー卿が殺害された時に、暗殺者を突き止める有力な手がかりが摑めたらしいんだ」

何だそんな話かと、バランは落胆した。これまでも何度かこのような暗殺者情報というものが噂となって王都中に流れたことがあった。暗殺者は人間ではなくモンスターであるとか、悪魔に魂を売った魔女の仕業だとか、または小動物に姿を変えられる魔法使いの仕業であるとか、犯人はスラム街の一角に潜んでいる怪しげな老人だとか、何の根拠もない噂が広まったりしたのだ。結局それらが本当に真実であるかどうかはわからないが、今になっても暗殺者が捕まっていないのだからやはりデタラメな噂であったのだろうと思う。そのような噂は、国民が事件の早期解決を願うその気持ちから生まれたものに違いない。今回のゴムスの話も同様のパターンであると思えてならなかった。

「また、そういう話か……。もういいよ……」

「ちょ、ちょっと待ってくれよ……。俺の話を聞いてくれよ」

ゴムスが泣きそうな顔で懇願するものだから、バランは仕方なくうなずいた。

「……で、手がかりって何なんだ？　この花と何か関係しているっていうのか？」

バランが尋ねると、ゴムスは答えるのを一瞬躊躇する。

「うーん、どうやらその『花』こそが手掛かりみたいなんだよ。宮廷魔術師であるモドルフ様が探索魔法の力を駆使して現場に花の香りが残されていたということを発見したらしいんだ……」

「花の香り……？　手がかりが、花……？」

花と言えばすぐにマフィレアのことが思い浮かぶ。花はマフィレアの象徴のようなものだ。それほど彼女は花を愛しているし、花抜きの彼女など想像するのが難しいぐらいなのだ。

「そう。……だから犯人はプラントモンスター（植物の姿をした魔物）だという噂が流れているんだよ……」

それを聞いてバランは呆れてしまう。またいつものような現実性のない話だと思った。

「……それにしてもゴムス、お前よくそういう情報をつかんでくるな」

「まあな、ある秘密ルートでよ。……こういうの結構好きなんだ」

確かに、このような噂話をする時のゴムスの表情はとても晴れ晴れしている。でも噂好きなんて、なんだか男らしくないような気もした。

「でも、この花の情報は宮廷の内部機密であるようなんだ。だから絶対他人には話してはいけないんだぞ」

「内部機密か……か」

「ああ。だからあの行列は今回の暗殺事件に関係しているようなんだ。……単に花を注文しただけでなく、何かの手がかりを得るために花と関係のある人物が集められているんだろうな。きっと、モドルフ様は探知の魔法を使ってこの行列の人達を調べるつもりでいるのに違いない」

「あの人達全員をか……？」

暗殺者が花と関係がある。その花を持った人々が宮廷に招かれている。おそらく、あの列の人々は皆花を売っている商売人に違いないだろう。見れば営業用の前掛けをしたまま並んでいる人の数も多い。商人の雰囲気が漂っているのだ。列の中に比較的女性が多いのも納得できる。この世界では花を売っている者は圧倒的に女性が多いからだ。花を愛する人が女性に多いためだろう。しかし、その花を売っている彼女らに暗殺容疑がかかっているというのだ。花を愛する心を持つ者が暗殺などという醜悪な行為を行うなど考えたくはないものだ。その暗殺容疑がかかっていて、調べられるために招集されているということを列の人々が知るはずはない。知っていれば、ここにやってくることを皆ためらうだろう。それにもし本当に花と関係している人の中に暗殺者がいるならば、今回のこの王城にやってくるはずがないのだ。それは自滅行為に等しい。だから情報は内部機密にしてあるのだ。だが結局は騎士見習い程度の人物がその情報を握っている。情報など所詮どこからか漏れてしまうものとはいえ、それではあまり意味がないではないかと思えた。だが、ゴムスのように情報を手にしている者はそれほどいないのだろう。そうでなければ、今ここにこれほど多くの人達が集まってくるはずがないと思った。バランは魔法のことに関してはそんなに詳しくはないが、魔法というものが完璧なものではないことぐらいは知っている。その術者が大魔術師であるモドルフであろうと、完璧に扱うのは難しいのかもしれない。だから、今回本当にこの行列の人々に探知の魔法をかけて犯人を探そうとしているならば、どうかうまくいってほしいとバランは心の中で祈っていた。

そしてバランは、列を作っている人たちの姿を一人ずつ確認していった。無意識のうちにある人の姿を探していたのである。そして、すぐにバランが探している人の姿が見つかった。彼女は列のちょうど中間点あたりにいた。マフィレア・トールフィンだ。

彼女は小型の荷車を引いて順番待ちをしていた。明るい金髪を後ろで一つに束ね、白い衣服の上に桃色の前掛けをしていた。いつもの仕事着である。彼女の持つ小型荷車の中にはいっぱいに花が積まれていた。黄色や白、とくに薄紫色の花が大きく割合を占めていた。ラベンダーの花であろうと、バランは一瞬で察しがついた。

彼女の姿がこの行列の中にある……。つまり、彼女も魔法によって調べられることだろう。だが、それはとても馬鹿馬鹿しいことだ。マフィレアが暗殺者であるはずがなかった。彼女がそんな極悪人であるわけがないのだ。それに、ゴムスの話によれば『花』はサーディー卿の殺害現場でつかんだ手がかりであるという。サーディーが殺害された夜、バランとマフィレアは寝台を共にしていたのである。激しく身を絡め合い、朝まで体を愛し合った。もし万一、彼女に疑いがかかってしまったとしてもバラン自身が証人になる。第一、マフィレアだけでなく、この花屋の人達に暗殺容疑がかかっていること自体馬鹿馬鹿しいと思えた。花は生命だ、花を愛するということは生命を大切に思っている証拠であると思う。そんな人達が忌まわしい暗殺行為など出来るはずがないのだと、バランはそう思い、暗殺の対策組織に憤慨した。

そしてバランはゆっくりとマフィレアに近づいていった。その後ろにゴムスが続いた。列に並ぶマフィレアはそんな二人の姿に気づく。前を歩いてくる男の姿を見て、マフィレアは驚いたような顔をした。

「バラン……！」

マフィレアが声を上げた。バランは笑顔になって手を振り、彼女の前へと進んだ。

「やあ、マーフィ。久しぶり」

マフィレアは少し困惑したような表情をした。その表情こそが彼女の答えであるような気がしてバランは苦しかった。しかし、重苦しさをバランは表には出したくなかった。自分までが引け目を感じていては、なおさら関係が元に戻りにくくなってしまう。だが、マフィレアの困惑した表情の陰に、どこかうれしさもあるように見えてならなかった。それは単なる勘違いであるかもしれないが、結果的にバランの心に期待が生まれるのだった。

「どうしたんだい？　こんなところで。仕事なのかい？」

「あ、うん。そうなの。……宮廷から花の注文があったんだけど……、他にもこんなに人がいるなんてびっくりしちゃった。よほどの花の数が必要なのね……」

マフィレアは列の前方に視線を送る。宮廷まではまだまだだ。進み方も遅いし、かなり時間がかかることが想像出来て、先が思いやられる感じだ。マフィレアから自然と溜息が漏れる。

「バランこそ、こんな所で何しているの？　学院の授業の一環？」

「あ、いや。そうじゃないんだ。……ただの散歩だよ」

舞踏会の舞台の下見であることは言わずにいた。今はゴムスが近くにいる。ゴムスの前で彼女を舞踏会に誘うのには恥ずかしさがあった。それに、個人的にいろいろと積もる話があるのだ。それはまとめて二人きりの時にしたいと思った。

そんな時、ゴムスが肘でバランの脇腹をつついてきた。振り向くと、ゴムスが意味ありげな笑みを浮かべていた。

「おいおい何だ？　例のお前の恋人か？」

彼ははっきりとマフィレアにも聞こえる声で言った。バランとマフィレアは顔を見合わせる。二人ともカッと全身が熱くなる思いだった。何もこんな時に、それを言わなくても、とバランは心の中でゴムスを恨んだ。それからもう一度ちらっとマフィレアの顔を見てみる。彼女は顔を赤らめてうつむいていた。その表情はやはり困ったような感じに見受けられた。そして彼女の表情を見てバランは慌てて首を振った。

「ち、違う、恋人とかそんなんじゃない。……友達だよ」

恥ずかしさから思わず否定してしまう。それから彼女に視線を戻す。彼女は何度か小さくうなずいて同調した。

「そ、そうよね。お友達……だよね……」

マフィレアもはっきりと否定した。バランは自分から友達だと言ったくせに、実際に彼女にも友達だと言われてしまうとすごくショックだった。やはり、それがマフィレアの本心なのだろうか……。自業自得かもしれないが、バランの気持ちは深く沈んだ。そんな二人の会話を聞いてゴムスは怪訝そうな顔をしていた。二人が親しく何度も個人的に会っていることはゴムスも知っている。その交際が恋人としてのものではないということがとても意外で、呆気にとられていた。バランは沈黙しているゴムスを無視して、マフィレアに向き直った。

「ねえ、マーフィー。今夜時間あいているかな？」

「え？　今夜？」

マフィレアは少し間をおいてから申し訳なさそうに首を横に振った。

「ごめんなさい。今日はちょっと仕事があって……」

半分は予想していた答え。その通りの返事が返ってきてバランはひどく残念に思った。

「そうか……。じゃあ明日はどう？」

「……ごめんなさい、バラン。明日はちょっと用事があって、無理そうなの……」

マフィレアは消え入るような声でそう答えた。彼女は最近はずっと断り続けてばかりだ。本人も気まずいと思っているのだろう。バランは複雑な心境に陥っていた。この返事こそ、彼女自身の答えのような気がしてならなかったからだ。本当はもう誘って欲しくないと思っているのかもしれない。きっぱり別れる旨を伝えることが出来ないから、毎回毎回誘いを断り続けているのかもしれない。バランはもう潮時なのか、とも思った。けれども、このままでは納得いかないものがある。本当の彼女の気持ちを確かめなければ、諦められないと思った。しかし、今はゴムスもいるし、彼女も仕事中であるしその時ではない。それは後日にしようと心に決めた。

「そうか、わかった。じゃあ、また今度ね」

バランはそう言うと手を振って踵を返し、早々と引き返していった。その時マフィレアが何かを言いかけていたようだったが、彼女は結局何も言葉にはしなかった。ゴムスは離れて行く二人を交互に見ながら呆けていたが、すぐに我に返ってバランの背を追った。

「待てよ、バラン」

　完全にその場から離れてから、ゴムスはバランに呼びかけた。しかしバランはその声を無視して歩き続けた。ゴムスがやっとバランの横に追いつくと、バランの表情を一度窺ってから言葉を続けた。

「俺、悪いこと言ったかな？」

「……いや、別に……」

　ゴムスが気になって尋ねたが、バランは否定する。それは本心なのか、それとも気を遣っているのかゴムスにはわからなかった。

「おまえ達うまくいってないんだろ？」

「……」

　それは図星だった。しかし、そんなことは先程の二人の会話と態度を見ていれば誰にでもわかる。ゴムスに見透かされたからか、バランは何も反論する気になれなかった。でも無神経のゴムスはさらにいろいろなことを聞いてくる。バランは少々苛立った。

「なあ？　バラン？　……お前つまり、振られちゃったんだろう？」

　バランはピクリと反応して足を止めて、ゴムスを見据えた。その顔は怒りで強張っている。まずいことを言ってしまったかな、とばかりにゴムスはうろたえる。そんな彼の反応にバランは気が抜けてしまって溜息をついた。

「……まあ、そんなところだ。結局縁がなかったってことかな……」

バランはあっさりと認めた。意外な反応にゴムスは呆気にとられる。悔しいことにゴムスの言う通りかも知れないとバランは思った。認めたくなかったが、彼女に振られてしまったのだというふうに受け止めなくてはならないのかな、という思いがちらりと脳裏を過ぎった。でも、まだはっきり彼女の口から聞いたわけではないのだから諦めることはないのかもしれない。バランは今度マフィレアとゆっくり話し合おうと再び心に決めたのだった。その時ゴムスは元気のないバランの顔を見て、ポンと彼の肩をたたいた。

「まあ、なんだ。今日はパアッと飲みに行こうぜ!」

ゴムスは両手を広げて満面の笑みでそう言った。暗いことがあった時はいつもこうなのだ。ゴムスは悩ましいことは深く考えたりせず、酒を飲んでパァッと忘れようとするタイプの人間だ。いつもゴムスなりの気遣いでバランを酒飲みに誘うのだろうが、時々疎ましく思う時がある。今は疎ましいという感情はなかったが、パアッと酒を飲みに行く気にもなれなかった。

「悪い、ゴムス。また今度な。今日はそんな気分になれないんだ。じゃあな」

「あ、……あれ?」

バランはあっさりとそう言って、家の方角へ去っていった。彼に肩すかしを食らったゴムスはその場に残されて、両手を広げたまま呆然と立ち尽くしていた。

その時ゴムスの近くを二人の若い娘がクスクスと笑いながら通り過ぎて行った。ゴムスは広げていた手をごまかすようにして、軽く体操をするフリをした。若い娘たちはちらちらと振り返りながらゴムスを見て笑っている。こうなったら今日はあの二人の娘を遊びに誘ってみようと心に決め、彼女らの後を追いかけていった。

マフィレアと久々の再会からさらに三日が過ぎていた。ナリティス王国の仮面舞踏会まであと残り四日となっていた。昨日、一昨日は、マフィレアには用事があると聞いていた。だから彼女と会うことは適わなかった。しかし、今日こそは彼女に会い、そして仮面舞踏会への招待を告げようと思っているのだ。バランはこの舞踏会に彼女と参加し、そして愛の告白をしようと心に決めている。告白をするのにこれほど最適な場面はないからだ。こんなことを思いつくぐらいだから、バランは意外にもロマンティストであるかもしれない。バランは決断力に欠ける少々頼りない男ではあるが、夢は大きく持つ男なのだ。仮面舞踏会という華やかな祭事で愛の告白などとは、夢見る少年でもあるかのようだ。しかし夢見ることは決して恥ずかしいことでもなく、愚かなことでもない。夢を持ってこそ、明日からを生きる糧となるし、大物となる道を切り開く第一歩でもあるのだ。バランにはナリティスの聖騎士という大きな夢がある。幼い頃からずっとその夢を目指して突っ走ってきた。しかし今はもうひとつ別の夢がある。夢と呼ぶのは大袈裟かもしれないが、それはマフィレアと共にこれからいろいろな思い出をつくっていくことだ。バランとマフィレアはほんの三か月前に出会ったばかり。二人で過ごす時の経過は突風のように早く、急速に二人の距離は縮まっていったものだ。しかし突如の別離。

親しくしていた二人の間に空白が生まれ、その原因さえわからないバランは悩み、ずっと彼女のことを考え続けてきた。そうしている間に、親しくしていた頃にははっきりと気づかなかった感情に気づいたのだ。それは愛。バランはマフィレアを深く愛していることに自身再確認することになった。幸せでいる間はその幸せさを意識することが少ないことがある。バランはまさにそうだった。マフィレアと離れてみて、初めて共に過ごした時の幸せさ、そして彼女の大切さを身に沁みるほど痛感した。そして、それから彼女のことを思い求めることで、その気持ちはさらに強くなっていく。そんな自分の気持ちをバランは抑えられなくなってきている。だから仮面舞踏会で、告白をしようと心に決めた。その結果がバランにとって幸せのものであれば当然いいが、今は何より気持ちを伝えること自体に意義があると考えていた。今のあやふやな関係を、はっきりさせたいという気持ちが心の中を大きく占めていたのである。

バランはこの日騎士学院での受講を終えて、夕刻になってから王都の街中へと足を運んだ。マフィレアと会うことにひどく緊張をしながら街路を進んだ。そして中央街路にあるマフィレアが働く店の前までやってきた。バランは大きく深呼吸をして激しく脈動する胸の興奮を抑えて店へと入っていった。だが、

「え？　今日は休み？」

店の女主人の言葉を聞いてバランは驚いた。

「そうなのよ。休日以外の日に仕事を休むのは今日が初めてなのよ。……どうしたのかしらね。体調

でも悪いんじゃないかしら、マフィレアちゃん」

　女主人は心配そうな顔をしてうつむいた。この女主人はまだ三十半ば過ぎといった感じだ。だがその年齢にしては皺も少なく、脂肪もあまりついていない。まだ乙女の時の肌のつやを部分的に残し、スタイルも豊満だったと思われる若い頃のものを残している。黒い髪は若いころのそれであり、全身からは清楚な雰囲気が溢れ出している。このような人を美人と呼ぶのだろう。年増と呼ばれる年齢になりながらも、まだまだ美しかった。それは花という生命に囲まれて生活しているためだろうか、とふとバランは思った。花という可憐で美しく、生気漲《みなぎ》っているものからいつもパワーをもらい、それが肉体や精神の活性化を起こして今のように美しく若くいられるのではないだろうかとバランは思った。それが本当であれば、生物学的大発見であるかもしれない。あのマフィレアも花に囲まれて生活を送っている。彼女の十年後、二十年後もこの女主人と同様に、いやそれ以上に美しいのだろうか。いや、そうに違いない……、そうあってほしいとバランは思う。彼女が醜くなった姿など想像することさえ出来ない。ふと、そんな思いにふけっていると、一人の客が店に入って来た。老婆だった。優しい感じで、笑顔を絶やさないでいる。老婆はこの店の常連であるらしい。女主人が気前よく話しかけて、いつも注文しているとおぼしき花を商売用の紙にくるんでいく。

「あらあら、今日マフィレアちゃんはどうしたの？」

　老婆が店の中を見渡しながら女主人に尋ねる。

「今日は来てないのよ。……もしかしたら体調を崩しちゃったのかもしれないわね。今ちょうどそのことをこの若者と話していたところなんですよ」

女主人が視線を向けてくると、バランは老婆とも視線が合った。老婆が微笑んでくると、バランも軽く会釈をした。

「……そういえば、最近のマフィレアちゃんは元気がなかったものね……」

と老婆は言った。女主人もしばし考えてから、

「……ええ。そういえばそうね……。どことなく、そんな感じがしたわ。……何かあったのかしらね」

女主人はそう言ってから花を老婆に手渡した。老婆も代金を女主人に手渡す。

「……妹さんに会いに行っているのかもしれないねぇ」

老婆が言う。

「遠くに住んでいるそうだからねぇ」

それを聞いてバランは驚いた。マフィレアに妹がいることは初めて耳にしたからだ。思えばマフィレアの肉親に関しては彼女からあまり聞かされていない。以前会話の中で、彼女の両親が幼い頃に病気で亡くなってしまったことは聞いていた。それから彼女がどのようにして暮らしてきたのか、聞いたことはなかった。彼女のほうも、家族に関してはあまり話したくはないようだった。両親を失うというのは彼女にとってとても悲しい過去だから、バランもずけずけと聞けるはずもなかった。いつか、彼女のほうから語ってくれるのをバランは待つしかなかったのだ。それにしてもここにいる女主人や老婆はどうしてマフィレアに妹がいることを知っているのだろうと思った。バランの知らない事実を

この二人が知っていることに、バランは嫉妬してしまうのであった。そして、話の続きを促すように
バランが言葉を発する。今彼女らが知っていることならなんでも聞き出してしまおうと、興味が疼く
のだ。
「……妹……ですか？　マフィレアに妹が……？」
「ええ。いるそうよ。……知らなかったの？」
「他には？」
「……さあ？　……ね」
バランが聞くと女主人は首を傾《かし》げた。老婆も何も言わない。どうやら、それ以上のことは知らない
ようだった。それならそれでいいと思う。あとは彼女がいつか自分に語ってくれるのを待てばいいの
だ。それがどれぐらい先になるのかはまったくわからないが……。
「でもそういう用事があるなら、前以て休む旨を伝えてくるはずだわ。マフィレアちゃんはしっかり
しているからね」
女主人がはっきりとした口調で言うと、老婆もバランも納得してうなずいた。
「じゃあ、やっぱり体調を崩しちゃったのかもしれないわねぇ」
老婆が心配そうに言うと、小さく苦笑いを浮かべた。
「私も最近体の調子が良くなくてね……。もう、年ですからね。お互いに健康だけには気をつけまし
よう……」

老婆はそう言うと、にっこりと微笑んでから店を出ていった。そして再びバランは女主人と二人きりになる。マフィレアがいないとなるともうここには用などない。しかし、何もせずに帰っては悪い気がした。せっかくだからと、バランは店に並べてある花に目を通し、中でも一段と美しく見えた薄紫色の花を注文した。女主人は注文を受けた花を取り、紙に包む。そして硬貨とその花を交換した。薄紫色をしたラベンダーの花だ。ハーブと呼ばれる種の花で、マフィレアが最も好んでいる花でもある。それからバランは一礼をして店を出ていった。

『また明日来てみるか……』

そう心の中でつぶやき、帰路についた。

その翌日も騎士学院での受講があり、夕刻まで学院に拘束された。そしてそのあと、バランは中央街路にあるマフィレアの働く店へと直行したのだった。その時はもう日が暮れ始め、西の空は朱色へと変化していた。王都の中心部では、仕事を終えて帰路につく人々の姿もちらちらと見え始めていて、バランは花屋へ急ぐことにした。幸い花屋はまだ閉店前で、店には花が陳列されていた。昨日の女主人が腰をかがめて花の手入れをしていたところだった。しかし、その傍らにはマフィレアの姿は見えなかった。

「……ごめんなさいね。せっかく来てくれたのに……。また今日もマフィレアちゃんお休みなのよ」

女主人の言葉にバランはがっくりと肩を落とした。

「……そうですか」

失望の念がバランの心に生じた。仮面舞踏会まで残すところあと三日。今日は必ずマフィレアに誘いをかけようと心に決めていたのだ。バランは懐《ふところ》から一枚の紙切れを取り出す。それは仮面舞踏会への招待券だ。貴族が貴族以外の人を舞踏会へ招待するために必要なものだ。この一枚を手に入れるのに結構な金もかかっている。それを渡せない歯痒さをバランは噛み締め、花屋をあとにした。

花屋を離れたバランは迷わず西へ向かった。王都の西はずれにある住宅区には、マフィレアの住む共同住宅がある。それはほんのひと月前に知ったことだ。あの日の夜を、忘れるはずがない。家までの道順も鮮明に覚えている。その記憶通りに進んで行くと、確かにマフィレアの住まいはあった。大きな期待を持ってバランは玄関の戸をたたいた。しかし、返答はない。数回それを繰り返したが、結局返事は返ってこなかった。マフィレアは留守であるようだった。そうと知って、ひどい失望感がどっしりとバランの肩にのしかかってきた。それに打ちのめされたようにしてひどく落ち込み、バランはマフィレアの家から離れていった。

それからしばらくバランは王都の街を歩いた。行く当てもない放浪者のように、ただ呆然として街路を進んでいた。花屋にマフィレアの姿はなく、自宅にもいなかった。そうなると、もう当てなどなかった。どうすればいいのかもわからず、ただただ無気力に歩を進めていた。大きな失望の念がバランの気力を奪っていったのだ。陽はほとんど西山に隠れ、赤い夕焼けも余韻を残すようにして西空に消えていくところだった。薄明かりの時……。明るかった空に闇色のベールが覆いかぶさっていく。

その中で、すっかり暗くなった東の空には一番星が姿を見せ始めていた。バランの足は商店街から離れ、裏路へと進んで行った。王都の東部には公園もあり、この一帯には緑も多い。小川も流れていて、その流れは南の海へ通じている。この小川に沿った街路には点々と露店が並び、暗くなった今では皆店じまいを始めているのが見える。繁盛している商店街からは離れているので客足は多いとは言えないが、そういった状況が小川周辺に静けさを醸し出し、しんみりとした雰囲気が漂っている。派手でない分、地元の人にはうけている場所ではあるだろう。静寂の漂う公園もまた、恋人たちが愛を語らうのにふさわしい雰囲気がある。そしてまた、気持ちが暗く沈んだ人にとっても、一人静かに落ち着ける場所でもあるのだ。バランはほとんど無意識にといっていいほどこの場所へ足を運んでいた。昔から落ち込んだ時は日が沈んでからよくこの場所に来たものだ。最近ではついひと月前にここへ来た。そう、マフィレアと一晩を共にした日。親戚であったサーディー・マックランが殺害された日でもあった。あの日から、大きく運命が変わっていったと言っても過言ではないだろう。サーディーの真の姿を知り、バランが失望の淵に立たされたのも同じ日のことなのだ。急激に変化をしていく状況の流れに、バラン自身翻弄されている感じもある。自分がいかように行動していけばいいのか、判断できない時も多い。マフィレアとの関係が薄れていくと感じた時、バランは何の行動もとれずにいたし、サーディーが殺害されて自分の周りの状況も大きく変わったと思われるのだが、それがどのように変わり、どう行動を起こしていけばいいのかわからなくなってきている。だから今もなんとなくといった感じで騎士学院に通い続けている。このままでは騎士になれる可能性は極めて低いと知りつつも、的確な判断は下せず、有効的な行動もとれてはいない。たとえば、このひと月、集中的に暗殺者逮捕に力を注ぎこんでいたならばどうだろう。それによって状況は別に何も変わっていないかもしれない。しかし、逆に大きく進歩していたかもしれない。でも結果的に何もしていなかったから何の変化もなかったわけなのだ。何にたとえても同じだと思う。行動を起こさなければ、状況を打開することなど出来ない。未来に開かれる道は、何もしなければ平凡なたった一本の道しかつくられていないということなのだ。様々な可能性をつくり上げるのは、行動を起こすことにあるのだ。バランは今、このひと月がとても無意味な時間であったと痛感していた。そして、失うものが多かった時期であったとも思う。バランは今、大きな喪失感に苛まれていた。親しかったサーディーには裏切られた上に死別し、バランは両親とも不仲になっている。親子の意見の食い違いを今まで仲裁してくれていたサーディーがいなくなって、その関係はさらに悪くなったように思える。思い切って家を出ようかともバランは考え始めているぐらいなのだ。そして、その親との確執の原因でもあるバランの夢……ナリティス王国の聖騎士になること。それも遠いものになってしまった。離れていくものはそれだけでは止まらない。親しかったマフィレアをも、今は失いかけているという状況だ。このような不幸が続くと、安穏な世界から一気に奈落の底にたたき落とされたような気分になってしまう。運命とはいかに苛酷なものなのか、いや、なぜ自分がそのような苛酷な運命に見舞われなければならないのかと、試練を与えてくる神に対して不満不平を抱くまでになってしまうのだった。これまでずっと光で満ちていたはずの心に、今では大きな闇が生まれてきている。それは決して光では照らすことのできない闇……。その闇が大きく、心を支配するまでに至ったなら、人は善良から悪へと落ちていくのだろうと、バランは今では悟ることができる。しかしそれを実感するようになったのは、何とも悲しいことだろうと、バランは嘆かずにはいられなかった。この夕暮れ時、太陽は沈んで夜が訪れる。それは今のバランの心情をそのまま表現しているかのような自然現象であるように思えてならなかった。

バランは川の淵に設けられている手すりに体を委ねるようにして立ち、川を見つめていた。川の水は日中と違って青く澄んでおらず、今は訪れた夜の闇によって深い闇色をしていた。かすかに残された空の明るさで、水がちらちらと輝き、その流れを見ることができた。しばらくそんな光景を眺めたあと、バランは近くの長椅子に腰を下ろした。両膝に肘をつき、背を丸めて視線を落とす。すると、自然と大きな溜息が出た。ひと月前にも確かバランはこうしてこの長椅子で休んでいたはずだ。あれはサーディーの裏切りを知って、絶望を味わった直後のことだった。サーディーらの乗った馬車から飛び降りた際に全身に擦傷を負い、ひどく痛い思いをした記憶がある。あの傷はマフィレアが塗ってくれた薬草の効果もあってすぐに完治し、今ではその傷痕さえ残ってはいない。あの日マフィレアと再会したのは、こうやって長椅子に座っていた時だった。後ろから声をかけられ、振り向くと愛しい彼女の顔があったのだ。バランは今、ひと月前と同じようにして振り向いてみた。……しかし、奇跡など起きなかった。彼女の姿などどこにもなく、ただむなしい思いがバランの心を駆け巡っていくばかりだった。顔を正面に戻してから、バランは再び深い溜息をついた。こうしてマフィレアのことを思えば思うほど、愛しくて会いたくなり、それが適わなくて深い悲しみがバランを包む。そうして溜息ばかりが出てしまうのだった。仮面舞踏会まであと三日。これ以上日が近づけば、誘いにのってくれなくなる可能性も高くなる。舞踏会という場だ、若い女性だけあっていろいろときれいに着飾る準備時間も必要となろう。おそらく、バランの推測でいけば、今日あたりがギリギリの線ではないかと思った。もし自分なら、他人からその二日前に舞踏会への誘いがあったとしたならば、断っていたかもしれない。それほど大きく違う一日の差であると感じてならない。これはまったくバランの個人的な見解ではあるが……。だが期待できるこの一日がもう終わろうとしている。バランは夢の終焉が訪れることを半ば悟っていた。つらく悲しい思いが込み上げてくる。

「……失うものばかりだな……」

　諦めにも似た言葉をぽつりと吐いた。そして、しばらく川の流れを見つめたあと、長椅子から腰を上げた。

　バランは川の周辺の公園内を歩き、北に向かった。公園は王都の東外れにある。バランは王都の端を北回りに歩いてぐるっと西に回り、家へ帰るつもりでいた。王都は広い。街壁を回って行けば何時間かかるかわからない。しかし、夜が更けようが、朝が訪れようが、バランはどうでもいいと思えた。街を歩いて、時間が経過して、それで自身を蝕んでいる苦しみが少しでも和らげばそれでいいと思った。王都の端を回っていくと、やがては中央街路に差しかかる。それを横断してさらに西へ歩を進めると、西北の一画に存在するスラムへと入り込む。裕福そうな身なりで夜スラムへ行こうものなら、相当の覚悟をしたほうがよい。というよりは自ら火の中へ身を投じるのに等しい、つまりは自殺行為のようなものだ。金や食糧に飢えた者たちが、獲物を発見した肉食獣のごとく牙を向けてくることだろう。追いはぎによる被害、……命を落とす危険が大なのだ。そんなスラムの奥へわざわざ入り込む気はさすがのバランにもなかった。半ば、どうでもよいという気持ちが存在したのは事実ではあったが、死地に向かうつもりはなかった。スラムへの入り口を前にして、バランは足を南へと向けた。さすがにこの一帯は王都の中でも闇を象徴する一画であるだけに、通行人の姿は少ない。貧困に苦しんでいると思しき人物や、ならず者の姿もちらりと視線に入る。しかしこの近所には衛兵の詰所もあり、さすがの悪人も大胆に行動は起こせないはずなのだ。だから少しは気持ちを落ち着かせて道を通ることができる。

そしてややスラムから離れたところまで来た時、バランはふと前方を進む人物に視線が止まった。その人物は数十メートルは先を自分と同じ方角に歩いている。つまりはバランからは背しか確認できない。だが、その背には見覚えがあった。周囲の建物に住んでいる人が少ないせいか、窓明りも少なくて道は極めて暗い。前方を進むその人物との距離もあるため、はっきりとは目で見ることができない。しかしそんな状況下でも、バランは前方の人物が知人であることに気づいたのだ。長く緩やかに波打っているブロンド髪を背で一本にまとめ、歩を進めるたびにリズムを取るように揺れる。華奢な肉体、……その肉体を包んで当人を美しく飾っているかわいらしく洒落たドレス。普段着にしては上品で、宴に出るには物足りない服だ。そんな容姿をした人物を、バランは一人だけ記憶している。マフィレア・トールフィン。今バランが思いを馳せている女性……。バランにとって強烈なほどに自分の記憶に止めている人物である。だからこそ、暗い道の中で遠くにいたのにもかかわらず気づくことができたのだろう。その瞬間、バランの胸は高鳴った。緊張と、期待によって……。彼女が本当にマフィレアであるのかどうか、確かめようとバランは考えた。バランは少し速足になって彼女に近づき、目を凝らす。彼女の背を気づかれないように追っていき、二人は何度か街角を左右に曲がったりした。それを繰り返している間に、バランの疑心は確信へと変わっていく。前を行く人がマフィレアであると確認できたのである。それからしばし、バランには逡巡があった。声をかけようか、かけまいか……である。マフィレアを舞踏会へ招待をしようとしているのである。当然ながら、声をかけるべきである。今日はずっとそれが目的で歩き続けたのだから……。けれど、マフィレアが仕事を休んで、夜中にこんなところを歩いているのはなぜだろうという疑問がバランの好奇心を激しくつつくのである。マフィレアが打ち明けてくれていないある真実を知るチャンスでもあるのだ。このまま黙って後をつけていけば、それが適うかもしれない。だが、そんなこそこそしたまねはみっともないし、姑息な手段は騎士道から反しているようにも思える。どうすればいいのかバランが迷っている間に、マフィレアは突然ある建物の中へと消えていったのである。

「……あっ」

バランは駆け足になってその建物の前に行く。その建物を見てバランは少しとまどった。マフィレアが入っていった所は、小さな教会であったからだ。

神聖王国ナリティスは、ナーガ教を国教とした厳格な宗教国家である。国民のほとんどがナーガ教の信者であり、その教えに基づき生活を送っている。しかし、だからといってナリティス王国に存在するのはナーガ教だけではない。ナーガ教とは対極の存在である暗黒神ファフニール教以外の神々、大地神ラクシュミをはじめとした七の神の信仰も国では認められている。ナリティスでは、国教をナーガ教と定めていても他の宗教を異教として弾圧したり戒めたりすることはしない。信仰はあくまで自由ということで、この世界が多信教であるというその形態を崩してはいないのだ。だが、ナリティスではナーガ教以外の神の信者は極めて少ない。多くの国民がナーガを愛し、信仰している。それがナリティスの国民性であるのだ。

マフィレアが入っていった教会はナーガの教会ではなかった。その教会の建物が小さくて古く、廃《すた》れた感じのある粗末さがそれを物語っている。当然この教会を訪れる信者は少ない。けれども、その神を信仰するわずかな人々にとっては、この王都バーハラでは唯一神と意志を触れ合うことのできる神聖な場所なのである。その神は、愛を司る女神キクリー。マフィレアは愛神の教会に消えていったのである。

「……愛神の教会……」

バランは教会の外観をしばらく見まわした後、静かに入り口の扉を開いて中に入って行った。

教会の中は想像していたほど暗くはなかった。数多くの燭台が並び、その蠟燭《ろうそく》の火が教会の内部を隅々まで照らしていた。入ると正面に真っ直ぐ赤くて長い絨毯が延びていて、それが奥にある祭壇まで続いている。最深部は神前で、美しい女性の像が祭られていた。その女性の姿こそ、かつて神魔大戦時の地上に存在していた女神キクリーの姿である。今では御神体として教会の神前に祭られ、信者たちが崇拝しているのである。中央通路の左右には神前に向かって横に長い椅子が列になって並んでいる。信者の多い教会なら日中は信者によって埋め尽くされることだろう。しかしこの愛神の教会には、……特に夜の更けたこんな時間に多くの人がいるはずもなかった。教会の中にいたのはわずか一人であった。その一人の女性は、先程入って行ったマフィレアに違いなかった。彼女は瞑目し、神前に向かって祈りを捧げている。彼女は人が入り口から入ってきたことに気づいているのか、それともまったく気づいていないのかはわからなかったが、彼女は一度も後ろを振り返らなかった。バランはそんな彼女に緊張した面持ちで静かに近づいていった。

「……マーフィー」

バランが彼女の横まで来るとそう声をかけた。マフィレアは驚いたそぶりも見せずゆっくりと顔を上げる。ここに来たのがバランであるということにも何の驚きも感じていないようだった。しかし、彼女の顔には深い悲しみが刻まれていた。バランがそれに気づいた刹那、マフィレアの瞳から一筋の涙がこぼれ出た。

「……マーフィー……？」

マフィレアは苦笑いして涙を手で拭った。そして正面を向き直り沈黙している。バランはしばらくの間、呆然としてその場に立ち尽くしてしまった。

「……マフィレア……。一体何があったの？」

バランが尋ねた。マフィレアは一度バランと目を合わせた。彼女の顔は悲しみに満ちている。いっぽうバランの表情は憂いで満ちていた。マフィレアが、これほどまでに悲しげな表情を見せるのは初めてのことだった。バランはそれを目の前にして、ひどく心配になった。そんな憂いに満ちているバランの顔を見て、マフィレアがやっと重い口を開ける。

「……私にはね三つ年下の妹がいたの……。事情があってこれまでずっと離れて暮らしていたんだけど……」

マフィレアはそう言って言葉を切った。

「……妹が……、いた……？」

バランは彼女の言葉が過去形であったことに疑問を感じ、そして嫌な予感がした。マフィレアはバランと目が合うと、ゆっくりとうなずいて言葉を続けた。

「……今朝ね……、その妹が死んだっていう知らせが入ったの……。……妹は前々から病気にかかっていて、あまり容体はよくなかったの……。だけど、とうとう……」

そう言ってマフィレアはうつむいた。再び込み上げてくる深い悲しみを彼女は必死に抑えようとしていた。彼女は嗚咽をもらすことなく、顔を上げて今一度正面に視線を向けた。その瞳には涙がうっすら浮かんではいたが、半ばふっきれたような顔をしていた。いや、それはただの強がりで見せていた表情であるかもしれない。

「……バランには、私の家族のことを話したことなかったよね……」

「……ああ。そうだな……」

バランが神妙な面持ちでうなずくと、マフィレアはゆっくりと語り始めた。

「……今からもう十年も前のことよ。私の妹と、そして私達の両親の四人は、ブラバー王国のある村でひっそりと暮らしていたわ。父は花を栽培していて、それを売る小さな店を持っていたの。母がその手伝いをしていて、時々私達姉妹もお仕事を手伝ってたわ。小さな花屋だったから生活はあまり豊かじゃなく、むしろ貧しいほうだったかもしれないけど、私達家族はみんな仲がよくて、本当に幸せだった。……本当に……。今までの人生の中で一番幸せだった時かもしれない……」

バランとマフィレアの目が合う。それがまるで合図であったかのように、バランは彼女の横に腰を下ろした。そして、マフィレアは話を続けた。

「……でもある日、民族戦争が起こったの。……私達の国にはいくつかの民族が存在していて、その部族の間では仲が悪く、いつも争っていたの。小さな争いは日常茶飯事だったけど、あの日は互いの部族の存亡をかけた大きな戦争が起きてしまったのよ」

マフィレアがそう語った時、かすかに声を震わせていた。しかし、勇気を奮い起こすように気持ちを強く持ち、すぐに心を落ち着かせた。

「その日の戦いで、私たちの部族は滅ぼされてしまった……。私達の父も母も、無残に殺されてしまった。……それも私達の目の前で……。そして私と妹は必死に逃げたけど、捕まってしまって……、互いに引き離されてしまったのよ……。……ごめんなさい、バラン。バランには嘘をついていたね……。父も母も病気で死んだんじゃないの。殺されてしまったのよ」

「マーフィー……」

バランは強い衝撃を受けていた。マフィレアは以前否定していたけれど、実際彼女は民族戦争の被害者であったのだ。民族同士の争いでは、凄惨を極めたとバランは噂に聞いている。敗れたほうの民族は根絶やしのごとく殺害された。殺しを楽しむかのように、無残で残忍な方法で殺害されたという。そしてその骸は魔物や獣の餌にされたそうだ。生きて捕われた女たちは性のはけ口にされたり、人身売買で売られ、奴隷として残りの人生を過ごすことを強いられたりしたそうだ。今も尚、その民族戦争は各地で勃発しているという。政治闘争も激しく、ブラバーは王国としての機能を失っている状態にあると聞く。このマフィレアも捕われの身となって、その後つらい人生を送ってきたに違いない。それがどのようなもので、今に至っているのかは知らないが、バランの想像を絶するものであると感じられてならない。さすがに彼女も、その後のことまでは話そうとしなかった。もし聞いてしまったら、バランの彼女への愛情は、もしかしたら強い同情へと変わっていくかもしれない。それはバラン自身にとってもつらいことなのだ。そしてマフィレアが自分に嘘をついていたことに関しては、バランは気にならなかった。両親が目の前で殺されたことを、病気で失ったということにしておきたかったという彼女の気持ちも何となく理解できたからだ。無理もない、とバランは思った。

「……妹とはね、時々会っていたの。両親が死んでから、肉親は私達だけになってしまったわけでしよう。だから……。妹と一緒にいる時は、何か心の傷が癒されていくような感じがしてたの。幸せだった頃を思い出すことができて、本当に心が落ち着くことができたのよ……」

マフィレアにとって実の妹が死んでしまったということは、もはや彼女には肉親がいなくなってしまったということだ。バランには父も母もいて、そして兄もいる。肉親を失ってしまった時のつらさとは一体どんなものだろうかと、ふとバランは思った。あの厳しい父やあまり仲のよくない兄でもいなくなってしまえばとても悲しいのだろうなと思う。自分には家族がある……。それだけでマフィレアと比べれば自分は恵まれているということなのだ。そんな考えを巡らしている間も、マフィレアの話は続いた。

「……私の家族はね、皆花が好きだったの……。皆好みは別々だったけど、花に囲まれた生活がとても幸せだったのよ。……そして、私達は皆愛神の信者だったの。両親が敬虔な信者だったから、私と妹も幼い頃からよく教会に行って一緒に祈っていたわ。……愛が幸せを運んでくれる……、そして幸せを得るために愛を持とう……って言葉を繰り返し繰り返し暗唱したりして……」

マフィレアの瞳が一度細くなり、涙で滲んだ。だが、マフィレアはそれを手で拭うとぐっと堪えた。

彼女にとって幸せだった家族との思い出が、何よりも大切なものなのだろうということをバランは痛感した。でも幸せだった頃の思い出にひたると、今ではかえってつらくなるのではないかと思った。

彼女が感傷に浸ってしまうのも、妹を失ったショックが大きいためだろう。今マフィレアは、心にとても深い傷を負っているのだ。しかし、癒してやりたくてもバランはその術《すべ》を知らない。自分の不甲斐なさに、バランは己を呪っていた。

「……愛神の教義ではね、愛情こそが人々を幸せにして、その幸せが世界を平和にしていくと説いているのよ。愛情は何も男女だけのものではなくて、親子愛、兄弟愛、そして友人を大切に思う気持ちや自然を愛する心。そういった愛情が万人にあれば、世界は穏やかで争いのない平和なものになると愛神キクリーは説いていらっしゃるの。私も、家族もそれを信じていた。お互いの間に生まれる愛を、とても大切にして過ごしてきたのよ」

マフィレアの言っていることはバランにもよく理解できた。愛神が説いていることも、最もだなと感じてもいた。しかし、バランは龍神ナーガの信者である。他の宗教を毛嫌いするつもりはないが、信仰しようとは思わない。信仰すれば、それはナーガ神への裏切りであるように思えたからだ。それは、ナリティスの聖騎士を目指す者にとってあるまじき行為だ。

「愛情って、とても素敵なものだと思わない？　バラン。心がとても満たされた気持ちになれるの……。私は、家族の温かい愛に包まれて過ごしてきた……。とても幸せだったのよ」

「……ああ。僕にもわかる気がするよ」

そう答えた時、マフィレアはバランの袖をつかんできた。バランはどきっとしてマフィレアを見る。

彼女もバランと視線を合わせた。

「ねえ、バラン。いっしょに魔法の言葉を唱えてみない？」

「え？　……魔法の言葉……？」

「……そう、愛の魔法の言葉よ。……これを一緒に唱えた男女はね、永遠に結ばれることができるっていう言葉なのよ。……魔法というより、一種のおまじないなのかもしれないけど……」

「そ、そんな言葉を僕とマーフィーが……？」

バランが聞くと、マフィレアは笑顔でうなずいた。

バランは混乱した。一体マフィレアはどういうつもりなのだろうかと、困惑してしまった。マフィレアは明らかに自分と距離をあけようとしていた。バランの誘いを断り続けていたのは、彼女の妹の件ばかりではないはずなのだ。そんな彼女が、突然一緒に愛の言葉を唱えようと言うのだ。近づいたり、突き放したり、バランにはマフィレアの心情が理解できなかった。混乱している時に、マフィレアはバランの手を取ってきた。マフィレアの言う通りにお互いの手と掌《てのひら》を胸の前で合わせる。それが言葉を唱える時の決まりであるという。

「……私もこの言葉を唱えるのって初めてだから、少し緊張する。……でも、言葉はしっかり覚えているから安心して……。私が唱えた通りに、バランが復唱して」

「あ、……ああ」

バランは心のない返事をした。そして、マフィレアが目で合図をすると、言葉を唱え始めたのだった。

「……メル・アンドレ・フィル・グラーチェ……」

マフィレアの言葉が途切れると、バランは目を閉じてその言葉を繰り返す。

「……メル・アンドレ・フィル・グラーチェ……」

バランが言い終えると、今度はマフィレアが言葉を唱える。

「……ド・メルフィン・アトナーレ……」

マフィレアが心を込めてそう唱えた時だった。マフィレアの掌が熱くなったのをバランは感じた。その熱い何かが、マフィレアの手からバランの全身に広がっていく。それは温かくて優しい。母のぬくもりに似た感じのものだった。バランは驚き、言葉の続きが出てこない。そして、言葉が続かないのはその驚きのせいだけではない。マフィレアの心の真意が摑めないためでもある。一体彼女はどういうつもりなのか。なぜその言葉をバランと唱えるつもりでいるのか。バランにとってマフィレアと結ばれることは願ってもないことには違いないが、彼女の気持ちもはっきりわからないまま、魔法の言葉で結ばれるのは不本意である。本来は、魔法の言葉ではなく、その前に真の愛の言葉があってから結ばれるものではないかとも思う。そんな逡巡の後、バランはゆっくりとマフィレアの手を放した。マフィレアも驚いて閉じていた瞳を見開いた。

「……どうしたの……?」

「ごめん。僕にはできない。……こういうことは……その……。」

気持ちをはっきりさせてからにしたいとバランは続けたかったが、恥ずかしさから言葉にはできなかった。それに、愛の告白は舞踏会でと心に決めているのだ。そのこだわりが、バランの心にストップをかけていたのだ。マフィレアの表情は悲しく曇った。しばらくうろたえた顔をしていたが、肩を落とし、大きく息を吐き出すことで気持ちを落ち着かせたようだ。

「……私のほうこそ、ごめんなさい。……私、勝手だったよね……。本当に、ごめんね」

マフィレアは手を自分のひざの上に戻し、うつむいた。バランは返す言葉がなく、沈黙し、しばし静寂が二人の間を支配した。

マフィレアは緊張のためか少々照《ほて》った顔を冷やすように両手で頬をさすった。気持ちをゆっくりと落ち着かせてから、笑顔をつくり、再びバランに視線を向けた。

「……何か今日は本当に変ね、私……。一人でペラペラとしゃべっているし……。勝手に思い上がっているし、迷惑したでしょう?」

「そ、そんなこと……!」

バランは慌ててかぶりを振った。バランは言葉を続けたかったが、かける言葉が思い浮かばず沈黙した。ただ、必死に首を振ることで、迷惑してるなどという気持ちはぜんぜんないということを強調したのだった。

「…そういえば、バランはどうしてここに? ……どうしてここを知ったの?」

「あ、ああ、偶然だったんだよ。たまたま道を歩いていたらマーフィーを見つけてね。この教会に入っていくのを見たんだ。……でもよかった。大事な用があってずっと探していたんだから」

「……私に、大事な用……?」

マフィレアの表情が曇った。浮かべていた笑顔も急に翳りを見せたのだ。その顔を見てバランの心も沈んだ。最近よくこういう表情を見せる。しかし自分を毛嫌いしているわけではないことは確かである。だからこそ、マフィレアの考えていることがわからなかった。親しくしたり、迷惑そうにしたり。バランは大きな不安を感じた。その不安は大きくて、バランは混乱していた。あまりずっとここにいては、本当に頭がおかしくなってしまうのではないかとさえ思えて来る。マフィレアと一緒にいて、こんな思いをさせられるのは初めてのことだ。しかし、その奥にはマフィレアに対する深い異性としての愛情が存在することは確かだった。

「……ああ。マーフィーもこれにいっしょに参加してほしくてね」

バランはそう言って招待券を差し出した。手の平ほどの小さな紙切れだが、舞踏会に参加できる貴重な一枚である。マフィレアはそれを受け取って不思議そうに紙を眺めた。

「……仮面……舞踏……会……?」

「そうだよ。ナリティス王国で年に一度行われる大きな行事なんだ。王都にきたばかりのマフィレアは知らないかもしれないけど、街では大きな祭りが行われて、舞踏会そのものは宮廷で行われるんだ。その舞踏会には王侯貴族や裕福な資産家など身分の高い者しか参加できないんだけど、その招待券があれば誰でも参加することができるんだよ」

マフィレアはふーんと納得しながら、招待券を見つめた。

「そんな貴重な物を私なんかに……?」

「ああ。マーフィーもいっしょに来てほしいんだ、どうしても。だからここへ来た。舞踏会はもう三日後なんだけど、大丈夫かな……？」

バランは不安な表情を浮かべながら、期待を持ってマフィレアの顔を覗きこんだ。そして良い返事を待つ。マフィレアは戸惑っている様子で、しばらく券を見つめていた。

「……三日後……。行けるかどうかまだちょっとわからないわ。……ごめんなさい」

返答はバランが期待していたものではなかった。だが、絶望の返答でもなかった。だからバランはわずかな可能性に希望を抱いた。

「……どうか、できる限り来てほしい。三日後の午後五時。中央広場の塔時計の前で待ってるから……」

そしてバランは長椅子から腰を上げた。踵を返し、出入り口まで急ぎ足で進む。マフィレアが『待って』と声をかけるが、バランは振り返ることなく、建物から出ていった。

教会から出た直後に、バランは大きく息を吐き出した。息詰まった空気から解放され、新鮮な空気を求めるかのように大きく息を吸う。今日はマフィレアと一緒にいるととても息苦しい思いがした。

複雑な思いがバランの心の中で交錯する。しかし、彼女の気持ちは舞踏会で確かめようと心に決めていた。そして、その時には自分の気持ちも彼女に伝えようと思う。でも、今日は彼女が望んだことにバランは応えることが出来なかった。だから彼女も自分の求めたことに応えてくれるという保証はどこにもなかった。だから三日後、彼女は来てくれるかどうかはわからない。最後、耐え切れずに逃げ出すようにしてマフィレアのもとから離れてきたが、彼女を舞踏会へ誘うことには最善を尽くしたと思う。後は祈るばかりなのだ。

愛神の小さな教会の鐘の音が数度鳴り響いた。バランはその鐘の音の中、教会を背にして去っていった。

Ⅷ

闇夜に消ゆる花

街は普段に比べてよりいっそう喧噪にあった。この日は年に一度の大行事が行われる日である。街に住む人々はお祭り騒ぎで、街中活気で満ちている。中央街路にはこの日限りの露店が数々並び、行き交う人々によって通りは埋め尽くされていた。盛況なのは何も中央街路だけではない。普段はあまり人通りの少ない裏路にも露店は設けられ、買い物をする多くの人々で賑わっている。王都バーハラではこの日は特別の日であり、昼間から酒を口にして酔っ払っている人も多く見られる。人々からは笑顔が絶えない。国民の誰もがこの日の祭りを心から愛しているのだった。

街では昼過ぎになるとお祭り気分はピークに達する。中央広場では、ジプシーによる喜劇や滑稽なショーが開かれた。また吟遊詩人が旅路でつくり上げた歌をその自慢の喉と声で披露したり、広場の外れでは占い師が小さな卓を広げ、タロットカードや水晶球などで客の未来を占う姿も見られた。街人たちは皆露店で売られている果物や菓子などを食べながら、グリファン王国特産の葡萄酒やナリティス王国特産の麦酒を口にして様々な余興を楽しんでいる。街人たちは普段の仕事のつらさや嫌なことなど忘れて、今日という日を楽しんでいたのだ。

夕刻になって陽が落ち始める。王都の街で開かれている祭りもピークを過ぎ、徐々に盛況さを失っていく。街人たちの祭典は、夜の訪れによって終了していくのだ。しかし、王侯貴族など身分の高い御仁《ごじん》らの祭りはこれからが本番なのである。日が沈む頃から宮殿にて、仮面舞踏会が開催されるのだ。この仮面舞踏会こそが本日のメーンイベント。ナリティス王国の伝統の行事である。夕刻になって、宮殿へ向かって走る馬車がちらちらと見え始める。その馬車の中には、派手な衣装を身に纏った紳士、貴婦人が晴れ晴れしい笑顔で搭乗している。その素顔には早くも仮面をつけている者もいた。仮面舞踏会と呼ばれるだけあって、宴には仮面をつけ、素顔を隠して参加する義務があるのだ。参加者は王侯貴族だけと数が限定され、仮面で素顔を隠す夜の宴など、聞いた感じではいかがわしい行為を想像する者もいるかもしれないが、国の伝統行事だけあってそのような事実は決してない。そもそもナリティスの仮面舞踏会は、昔の王侯貴族が仮面をつけ、素顔を隠すことによって、各個人がお互いに誰であろうかと想像し、楽しむという単純な遊びから始まった宴らしい。それは時に吉をもたらすこともあった。普段からあまり仲のよくない貴族たちが、仮面をつけて相手がそれと知らずに宴で酒を飲み交わす。話をしていくうちに好感を抱くようになり、完全に打ち解けてから仮面を取って素顔を知ると、嘘のように不仲が解消されたという一例もある。そういった例は希《まれ》であるが、仮面をつけて宴に参加することは一種の単純な遊びであり、純粋にそれを楽しむためのものなのだ。人によってはそれでエクスタシーを感じる者もあるらしく、この場で恋に落ちて宴の最中に消えて行く男女もよくいるらしい。だがその中には、仮面をつけて相手が誰と知れないままで寝台を共にする者や、同性愛や場合によっては乱交さえ行っている者もいるらしい。仮面をつけるという行為を、性的な興奮を得るために行っている者がいるということだ。しかし、それは全体的に見ればほんの一部の者でしかない。多くの者がそうであれば、いかがわしい宴であると批判されても仕方がないからだ。そんな一部の者の行為が大きく取り上げられ、舞踏会のイメージをいかがわしいものであると庶民たちに思われてしまったら大変なことだ。そんなモラルが荒廃した国であれば、千年王国ナリティスの名に傷がつくというものだ。外部からは堕落の王国と罵られ、侵略の目を向けられる危険も生じてくる。ナリティスはナーガ神を国教としている国家だけに、厳格な国である。そんな堕落した王国であろうはずがない、と国民の多くが信じていることだろう。しかし、一部の貴族の腐敗が伝染病のように周囲の人々に蔓延していったならば、荒廃した王国になるのは必至といえよう。そうなれば、神聖王国ナリティスとしての威光は消え、大きく衰退し、いずれ滅亡する運命をたどることになるはずだ。伝統ある舞踏会を淫蕩な場にしないためにも、参加する貴族達の一人ひとりがモラルを守る自覚を持たねばならないだろう。美酒に美女、豪華な馳走に美しい音楽……。この華やかな宴の雰囲気が参加者達の意識を希薄にしてしまうことがあるかもしれない。だが、伝統を正しく守り続けることが、ナリティスの貴族たちの定めであると言えるのだ。

仮面舞踏会では基本的に仮面をつけることを義務づけているが、変装に関しては個人の自由である。毎年衣装に工夫を凝らして参加する者もいれば、ただ正装をして参加するだけの者もいる。でも、変装は舞踏会を盛り上げるひとつの手段であるのは確かだ。衣装がとても派手なものであったり、動物を模したりして人の意表をつくような衣装を纏ったりすれば、他の参加者の目をひき、感動を与えることもある。それだけで舞踏会は大いに盛り上がるのだ。中でも最も注目すべきものは王族の衣装である。毎年莫大な費用と多大な時間を費やしてつくられ、とてもユニークに仕立て上げられている。それだけに、舞踏会に参加する人々は毎年王族の衣装を楽しみにしているのだ。今年のジョゼフ王子の衣装は王城バーハラをイメージしたものだと前触れがあった。その知らせは、人々の好奇心を駆り立てている。

舞踏会の魅力は、仮面や衣装だけでなく、絶え間なく流れる音楽にもある。毎年、楽隊が国中から集められて、その奏でる音楽によって踊りや宴を盛り上げるのだ。また、名声高い吟遊詩人も招かれて、賓客の前でその歌声を披露する。何ともロマンティックな雰囲気を演出するのである。

開催時間が迫ってくると、宮殿には多くの人が集い始めていた。それは舞踏会に参加する賓客は当然のこと、音楽隊や吟遊詩人、踊り子なども姿を見せていた。宴の準備を行う侍女や小姓、従卒（従兵）などはせわしく動き回っているし、食材を運んでいる商人の姿も見受けられる。また、今回の舞踏会は警備が厳重にされるため、衛兵や兵士の数も多い。身分の低い騎士の中では、宴に参加する権利を返上させられて警備に就かされる者もいるぐらいなのだ。今年の舞踏会はそういった面でも去年までとは空気が違っている。開催目前にした宮殿は喧噪にあった。しかし、張りつめている皆の緊張感も、数刻後に迫った宴が始まれば弾け飛んでしまうことだろう。

そんな頃、騎士見習いのバランは中央広場の塔時計の下に一人で立っていた。今日の舞踏会のための正装用チュニックを着て、髪には油をつけてしっかりまとめていて、無精髭も先程時間をかけて丁寧に剃ってきたばかりだ。普段はやろうとも考えないほど、今日は身だしなみを整えて来ていた。さすがに仮面はまだつけていない。外でつけていたら、怪しい人物だと好奇と軽蔑の視線を集めてもおかしくないからだ。軟革製の仮面は今は折りたたんで懐にしまっている。しかし何とか恰好は整えたバランであったが、どうも気持ちは落ち着かない。ずっと心待ちにしていた舞踏会が目前に迫っていることが大きな要因であったが、バランの待ち人が時間になっても姿を現さないのが、それ以上にバランの心に焦りと不安を生じさせていたのだ。もう間もなく、待ち合わせ時間から一時間を経過しようとしている。落ち着けないバランは周囲をきょろきょろ見渡し、たびたび頭上にある時計に視線を移す。もうすぐ舞踏会が開催される時間が訪れようとしている。バランの心は焦躁で満ちていた。

『……やはり、来てはくれないのか……』

やがて深い失望がバランを襲う。しかし、不思議と怒りは湧いてこなかった。半分はこの結果を予想もしていたからだろうか、それともただ失望感があまりに大きくて彼の心が打ちのめされていたからなのかはわからないが……。バランは頭を抱えた。これがマフィレアの出した答えなのだということを、何度も何度も自分自身に言い聞かせた。もう、こうなったら忘れるしかないのだろうか。こんなに胸が苦しくなるほど愛してしまっている彼女のことを、忘れなくてはならないのだろうか……。無念だし、それ以上に悲しかった。けれども、恋愛とは自分だけの感情だけでなく、相手がいるわけなのだから全てがうまく思うようにいくわけがないのだ。所詮恋愛などこんなものではないかとも思う。だから、諦めるしかないのかもしれない。……しかしそうは言っても簡単に忘れられるものではないのが恋心というものだ。バランは心の中で葛藤した。あくまでも現実を直視して彼女のことを忘れようと努力すべきか、それとも自分の気持ちに正直であり続けるかを……。そしてその時、塔時計の鐘が大きく鳴り響いた。その数は六回。午後六時を知らせる音だった。それを聞き終えた時、バランの心は決まった。まだ、希望はある。そう思えてならなかった。いや、そう思いたかった。舞踏会はこれからなのだ、事情があって遅れてくる可能性もある。今日という日が終わるまで諦めるべきではないし、諦めたくはないと、バランの心が純粋にそう叫んでいたのだ。

『まだ、舞踏会はこれからなんだ……！』

マフィレアは遅れてこの待ち合わせ場所に来るかもしれない。それとも、時間が過ぎてしまったので直接宮殿に行くかもしれない。彼女には既に招待券を渡してあるのだから、一人でも入れるはずだ。冷静になって、どちらで待っていればいいのか考えてみた。その結果、舞踏会の会場となる宮殿にて待っているほうが会える可能性が高いとバランは判断したのだった。

しばらくして、バランは塔時計から離れていった。その場所に多少の未練を残したまま……。

華やかで盛大なファンファーレが鳴り響く。音楽隊が奏でる音楽に合わせて、ナリティスでは名のある若くて美しい踊り子が露出の多い衣装で踊りを披露する。そして、賓客からは大きな拍手が沸き起こった。仮面舞踏会の開幕である。給仕娘たちは既に酒類の配給を始めている。賓客たちはこの宮殿内では立ちっぱなしだ。盆に乗せて運ばれてくる酒杯を一人ひとりが受け取っていく。宮殿の中央は踊りの舞台となるため、広くスペースがあけられていて何もない。数々の料理を並べてあるテーブルや、賓客が休むための椅子や長椅子はすべて隅に設けられているのだ。そして中央の奥には段差があって王座が二つ並んでいる。その王座には現国王アルナーグ・シェパードと、その正妃ソニアが座っている。規則であるため、国王も妃も顔を上半分だけ仮面で隠している。本来ならば、この王座の近くに皇太子であるジョゼフとその正妃ケオファの座る席があるはずなのだ。しかし、今回の舞踏会では王子とその妃の入場場面が設定されているようだ。今はこの場に二人の姿はなかった。後に、派手な演出で姿を現すはずだ。ファンファーレの終了と共に、踊り子の独壇場も終わり、彼女は退場していく。そして司会を務める貴族の若者があいさつを述べ、国王アルナーグの一言があった。さすがに国王の挨拶の時は、皆厳粛にし、真剣な眼差しを王座に向けていた。それが終わると主賓の挨拶があり、そしてとうとう本格的な宴が始まるのだった。

バランが宮殿に到着したのは、ちょうど踊りの一曲目が始まろうとしていた時だった。中央のスペースに多くの紳士や淑女が集まり、それぞれ思う相手を見つけて手を取り、音楽に合わせて踊りを踊っていた。最初は少しテンポの早い曲だった。踊る人たちの動作もそれなりに素早い。バランは到着するなりすぐに給仕娘から果汁飲料をもらい、一気に飲み干した。そして、隅に立って中央で踊る人達の様子を窺った。バランは自然と一人の娘の姿を探していた。しかし、二百人以上は集っている人の中からその一人を捜し出すのは容易ではない。それに、バランが探し求めている人が中央で繰り広げられている踊りに参加するとは思えなかった。バランは自分と同じように隅で休んでいる者や、料理に手をつけている人たちに視線を配った。だが、そこにもバランの探している女性の姿はなかった。とりあえずバランは高ぶり始めていた気持ちを落ち着かせるために、給仕娘からおかわりの果汁飲料をもらって飲んだ。そうしている間に一曲目が終わり、拍手が起こった。バランも一緒になって拍手を送っていた。そして音楽は休みなく続けられる。二曲目が始まる前に、何人かは休憩のために隅へと退いて行く。バランは二曲目が始まっても、踊りには参加しなかった。

　次の曲は一曲目よりはまだおとなしい感じのものだった。夫婦が、恋人が、あるいは今晩出会ったばかりの男女が身を寄せ合って踊っている。バランは隅の柱に寄りかかって立ちながら、その様子を見ていた。バランの心には大きな喪失感があった。あれほど楽しみにしていたはずの仮面舞踏会だが、今ではその楽しさが嘘のように消えていた。仮面舞踏会自体は、昨年にも劣らず盛大で華やかなものだ。音楽も、宮殿内の派手な装飾も、そして出された果汁飲料の味も決して悪くなかったし、並べられている料理もまだ口にはしていないものの、とてもおいしそうに見える。賓客の衣装はどれも個性豊かで見てて愉快だし、素顔は見えないものの美人とおぼしき女性も数多い。雰囲気は宴らしく、楽しさに満ちている。だが、バランの心は躍らなかった。周囲のもの全てが、まるで自分とは何の関係もないかのように動いているように見えてならなかった。今の自分はこの場にふさわしくはないなと、そんな思いもバランの脳裏を過ぎる。バランは自嘲の笑みを浮かべた。こんなことになるはずはなかった……。マフィレアがいるかいないかで、こうまで心理的に違うものなのかということを実感した。だからといって、来なかった彼女を責める気持ちはない。今は自分の情けなさを痛感するばかりだった。うつろな表情を浮かべているバランに、給仕娘が声をかけてくる。

「どうですか？　楽しんでいらっしゃいますか？」

　給仕娘も仮面をつけている。その素顔は知れないが、結構美人である感じがした。彼女は盆を持ち、その上には酒杯がのっている。バランは酒杯を一つ受け取ると給仕娘に礼を言った。それから給仕娘は一礼すると去っていった。酒杯の中には紫色をした酒が入っていた。一口口に含むと、甘い味が喉を通過して全身に広がっていく。アルコール度も高いようだ。一口飲んだだけで体が少し温かくなった気がした。これはグリファン王国の特産である葡萄酒であると、バランは認識した。こうなったら、やけ酒でも飲もうかとバランが思った時、一人の人物が近づいてくるのに気づいた。

「よう、バランじゃないか」

その人物を一目見ただけでは、誰なのかわからなかった。その人物は全身に毛皮を着ていて、作り物の大きなロバの仮面をつけている。その仮面の中央には視界を保持するための穴と、空気取りの穴が空いてはいたが、素顔はまったくわからなかった。しかし、その声には聞き覚えがあった。

「……ゴムス……か？」

「へへへ……、そうだよ。どうだい？　このロバの出来具合は？」

ゴムスの着ている毛皮はどうやら本物のロバの毛皮であるようだ。仮面はひと目で作り物だとわかるものだったが、とにかく縦に長く大きかった。かぶっている本人の顔の優に三倍はあって、歩くたびに重みで左右に揺れている。ゴムスが自分でつくったにしては上出来だったが、この様子ではとても踊れるとは思えなかった。それに、春先とはいえど暑苦しいに違いない。これではまるで道化だ、とバランは思った。

「まあまあ……だな」

「そうか？　俺は自分で言うのもなんだが、かなりよく出来たと思っているんだけどなぁ」

ゴムスはがっかりした表情を浮かべた。もっともバランには仮面で見えなかったが。

「それよりどうしたんだ？　中で踊らないのか？　……あっ、そういえばあの彼女は？」

ゴムスは気を遣わずにずけずけと聞いて来る。その彼女が来ていないから今こうして隅で立ち尽くしているのだということを少しはわかってもいいもんだ、とバランは憤慨した。バランが何も答えないのを見ると状況を把握したのか、意味ありげな笑みでバランの肩をポンポンとたたいた。

「まあ、元気だせよ。……見てみろ、美人がいっぱいいるぜ……！」

「みんな仮面をかぶっているんだ。美人かどうかどうしてわかる」

バランはちょっとムッとなって反論してみた。

「体に決っているだろ。……あ、ほら、そこの女見てみろよ。いいおっぱいしてるじゃないか。あ、ほらこっちも。いい尻してるし、スラッとしていていい感じだぞー」

バランはゴムスのいやらしさに溜息が出た。所詮ゴムスの女性の見方などこんな感じなのだろう。ゴムスは純愛とは縁のない人間なのかもしれない。そんなことをふと思った。こんな下品な話にも普段は乗れても、今はとても乗る気にもなれない。嫌悪感ばかり湧いてくるだけだ。ゴムスはまだ女の品定めをしていたが、バランはあっさりと聞き流した。そうしている間にゴムスは気にいった女性を見つけたらしく、バランにしばしの別れを告げて去っていった。

「じゃあ、また後でな」

バランは軽く手を振って応えた。そして、再び溜息をついた。ゴムスは終始仮面を外さなかった。

舞踏会では少しぐらいなら外しても構わないのだ。そうでなければ気に入った人を見つけた時に顔が全くわからないのでは困りものだからだ。話をする時はあんな暑苦しい仮面なんか外せばいいのにと、バランはつまらないことに腹を立てていた。とにかく今のバランは機嫌が悪かった。マフィレアが現れてくれない限り晴れ晴れしい気分などになれない。そんなこともあってか、ゴムスが去っていった直後に一人の女性から踊りの誘いを受けたのだが、気分が優れないという口実で丁重に断った。ゴムスの感覚でいう美人であったが、彼女ではいまの心の空白を埋めることは出来ないと思った。そう、どんな美人が今のバランの元に来ても駄目なのだ。ある女性でない限りは……。

ロマンティックな感じのする曲が流れ、それが終了すると司会が皆の前に姿を現した。音楽隊の曲はしばらく止み、皆は静まって司会者の言葉を待つ。そして、司会者は皆を見渡し、明るい声で言った。

「さあ、お待ちかねであります。とうとうこれから、皇太子殿下とケオファ妃のご入場となります。そろって盛大な拍手を賜りたいと思います」

司会者がそう言わずとも、耳の痛くなるような大きな拍手が起こった。入場口となる垂れ幕の近くに陣取っている楽隊が一斉にラッパを吹き鳴らす。その音と同時に幕がゆっくりと上がっていった。そして、二人の姿が皆の前に現れたのだった。それは、すべて純白でできた美しい衣装を纏った二人だった。

「おおっ！」

貴族たちから思わず感嘆の声が漏れた。皇太子殿下ジョゼフとその妃ケオファのあまりもの美しさに多くの者が心奪われていた。ジョゼフは男でありながらも、細身で美しい顔を持つ。そのジョゼフが純白の衣装に身を包んだその美しさは、美人の女性を思わせた。純白の衣装はまさに王城バーハラをイメージしたものに違いなかった。バーハラ城は別名神龍城とも呼ばれ、天空、光を象徴した城なのだ。城全体が白大理石でつくられている。それよりもさらに美しい白を使った衣装をジョゼフは身に纏っていた。そして、ケオファ妃も同じだ。彼女も純白のドレスを身に纏っている。しかし彼女の美しさは人間の領域をはるかに超え、美も司っている愛神キクリーもかくやと思わせるものだった。この宮殿内にいる男女問わず全ての者が、その次元外れの美しさに息を飲み込んでいた。ケオファの美貌もナリティス王国では有名である。その美は容姿だけでなく、ナーガ神に仕える司祭としてその心も、心身ともに清らかで美しい女性であると有名だ。彼女をナーガの聖女と呼ぶ者もナリティスでは溢れんばかりいるのだ。実際、今のケオファ妃の姿を見て、誰もがそう実感し、確信をしていることだろう。バランも隅からその二人の姿を見つめていた。隅に立っていても、王子達二人は高い位置にいるのでバランからもはっきり見えた。そして、二人の姿にひどく嫉妬したのだ。ジョゼフ殿下とケオファ妃は形式的な結婚ではなく、恋愛であったと聞く。心結ばれている男女がこの舞踏会に参加できることは、とても幸せなのだろうなと、バランは思っていた。

ジョゼフ殿下とケオファ妃が登場すると、音楽隊が楽器を揃えてゆったりとした旋律の音楽を奏で始めた。そして、皆の前で、二人はチークを踊り始めたのだ。とてもロマンティックな雰囲気に包まれ、ジョゼフ殿下とケオファ妃が身を寄せ合って踊る姿に全員が見とれていた。二人はとても息が合っていた。そんな姿を国王も王妃も満足気に見つめていたのだった。嫉妬心を抱いていたバランも、しばしそんなよこしまな思いも忘れて二人の姿に魅入っていた。それは酒を浴びてうっとりした時の感覚にとても似ていた。バランは、いやバランのみならず、ここにいる者たちは皆、ジョゼフ殿下ら二人の踊る姿に陶酔していたのだ。それほど、優雅で美しいものだった。

二人の踊りが終わると、盛大な拍手が湧き起こり、殿下らに送られた。ジョゼフ殿下ら二人はその拍手に応えて軽く手をふり、二人揃って舞台から退いた。そして、大勢の貴族たちの元へ降りると、別の曲が流れ始めた。その音楽に合わせて、再び皆が踊りを踊り出す。個々に自由な形で踊る。中には先程見せられた殿下らの踊りをまねる者もいた。バランもそんな二人に大きく影響を受け、とても踊りたい衝動にかられたが、自分に相手がいないことを改めて悔やみ、憤慨した。そんなバランの思いをよそに、舞踏会は続けられていく。曲が繰り返されて、踊りが続けられる。そうして時間は一刻一刻と過ぎ、夜は更けていくのだった。

そうして、仮面舞踏会はいよいよ終盤を迎えていく。一曲も踊ることなく、酒や料理だけを口にしていたバランは盛り上がる雰囲気に耐え切れず逃げるようにしてバルコニーに出ていた。夜風によって、酒で熱くなった体を鎮めるためもあった。春先の夜風はさすがに少し冷たかった。しかし、火照っていたバランにはちょうどいい冷たさだった。バルコニーに出てみると、そこには何人かの先客がいた。数組のカップルが身を寄せ合い、または抱き合いながら愛を深めていたのだ。バランは気まずさを覚えたものの、しばらくそれらを無視してバルコニーから見える街の夜景を眺めた。街にはわずかに明かりが見えるばかりだった。夜も更けている。こんな祭りで騒いだ夜でも、早めに消灯した家が多いようだ。だいたい平日でも夜遅くまで明かりを灯しているのは極めて少ない。明かりを灯すのに必要な燃料である油を節約するためだ。深夜の街の明かりの数は、裕福な家の数と思ってもいい。ナリティスは比較的に豊かな国だ。温暖で農作物はよく育つし、牧草地も広い。中央山脈からは清らかな水が川となって海に流れ出ているし、その海からは大量の魚介類を捕ることができるのだ。国内で不足している物資は、友好国である隣国グリファン王国やタリスト王国から輸入をしている。貿易によって補っているのだ。そんな豊かな国の王都だが、明かりの数はさほど多いとはいえない。それは節約を心がけている者が多いためだろう。家庭に入る収入が決っている場合、どれだけ無駄な消費を減らすかによって生活の豊かさが違ってくる。夜遅い時間までだらだらと起きているのはそれこそ資源の無駄な消費と言えるし、第一健康面でも好ましいことではない。裕福な街でも明かりの数が少ないのはそう考えている庶民が多い証拠とも言えるのかもしれない。バランの家は貴族であり、裕福だ。基本的に資源の無駄遣いはしない家だが、父ガイル卿は文学に力を入れている人で夜も遅くまで本を読みふけっていることが多い。そのため、バランの家からは深夜も明かりが消えない。今も、この宮殿のバルコニーからその明かりを望むことができた。今回の仮面舞踏会に参加していない父は、今も勉学に励んでいるのだろうな、とバランは思っていた。父は立派な人だ、だからこそ厳しいのかもしれない。それに比べて自分は……、とバランは思う。自嘲の笑みが自然と漏れていた。のんきにこんな所で時間を費やしていることが、今では馬鹿馬鹿しく感じられた。何の意味もない舞踏会だったと思う。あれだけ思い焦がれていたのが、本当に馬鹿らしく思えた。

『これで僕の恋も終わったんだ……』

激しい喪失感があった。今日で恋愛も終わったが、騎士になりたいという気持ちも薄らいでいったような気がした。マフィレアは確かに自分の心を支えてくれていた。彼女だけが、騎士になりたいというバランの思いを理解してくれた。その彼女を失った今、騎士になりたいという気持ちもどこかに失せてしまった気がしたのだ。別にもともと彼女のために騎士になりたいと思っていたわけではない。だが次第に、支えてくれている彼女のためにも騎士になろうという気にもなっていたのは紛れもない事実だった。だからこそ、マフィレアを失った今は、騎士への思いが希薄になったのかもしれない。それに、バランにはもう自信がなかったのだ。支えてくれる人を急に失い、孤独になって試練に立ち向かうのが不安になったのだ。男なのに情けない奴だとバラン自身思う。そんなことだから騎士になれないのかもしれない。傷心の今は、何を考えても自虐的なことしか思い浮かばなかった。

「……マーフィー……」

失恋もまだ納得は出来ていない。つい先日まで仲よくしていたのだ。もう、彼女を諦めなくてはならない状況にあることをバラン自身まだ信じられなかった。彼女の顔を思い浮かべれば胸が苦しくなる。こんなにまでマフィレアのことを好きになっていたのかと、バランは改めて感じていた。バランは懐からそっと何かを取り出した。それは手の平に収まるほどの小さな紙の箱だった。その蓋をあけると、中には黄金色に輝くブローチが入っていた。これはもうすぐ迎えるマフィレアの誕生日プレゼントとして、バランが私財を使い果たして購入した高価な装飾品なのだ。これは結局渡すことはないのだな、とふと思い、深い悲しみに包まれた。その感情は涙となってバランの瞳を濡らした。バランは必死にそれを堪えようとした。そんな時、背後から声をかけられてバランは慌ててプレゼントを懐へしまった。そしてゆっくりと振り向いてみる。そこには仮面をつけた若い女性が立っていた。

「……よろしかったら、私と踊っていただけませんか？」

「……あ」

バランは一瞬躊躇した。こういう誘いは今日三度目のことだった。そのうち二回は丁重に断っている。気分が乗らなかったからだ。しかし、今は踊ってもいい気がした。もうそろそろ舞踏会も終わりなのだ。何もしないままで終わるのもさすがに寂しい気がした。それに、失恋をしたバランを苛ませていた悲しみと寂しさを紛らわすためでもあるかもしれない。これで少しでも彼女のことを忘れることができるならばと、多少期待もあってその誘いを承諾した。

「はい。わたしでよろしければ……」

そう応えてバランは女性の手を取った。そして、室内へと戻っていく。

中にいる人の数は初めに比べて激減していた。恋の語らいのために退室していった者もいるのだろう。または酔い潰れて帰った者もいるかもしれない。実際曲に合わせて踊っている人は最初の半数以下であった。その他は隅に引っ込んでいて、酒を飲んだり料理を食べたりなどして談話を楽しんでいる。踊る人が少なくなったということは、周囲の見物客の視線が自分達により多く集まる可能性も高くなったということだ。それは踊りにあまり自信があるほうではないバランにとって気恥ずかしいことだった。しかし、人が少なくなったということは、ダンスをするスペースが広くなったという、そんな良い点もあった。人と衝突する危険は小さくなったと言える。それはまた、ダンスに自信のないバランにとっては好都合といえた。

本来は男性のほうが女性をリードしていくものかもしれない。けれどもバランにはさほどダンス経験がなかったし、経験のないことが自信を持てない大きな要因だった。だが相手の女性がそんなバランの様子に気づいたのか、自ら手を引き、リードしてくれた。ダンスがいざ始まってしまうと、バランにもやれるという自信が湧いてくる。そして、あとは自分の知識のあるように体を動かしていった。右に左に、前に後ろに……。二人は息を合わせて踊りを踊っていく。手を合わせ、また離し、腕を絡めたり、相手の腰に手を回したり……。バランと女性は踊りに夢中になっていた。息がぴったりと合い、一体感のようなものが感じられた。そしてそれは不思議な感覚でもあった。出会ったばかりなのに、なぜか以前から知り合いだったような気がしてならなかった。こうしていることが、妙に自然体であるように思えてならなかったのである。目の前の女性は仮面で顔全体を隠しているのでまったく素顔がわからない。ただ瞳の美しさだけは知ることができた。彼女の声も仮面を通しているのでこごもってよくわからない。本当はもっと高くて美しい声をしているのだろうが、今は女にしては低く、男にしては高い声をしていた。だが、その声にも聞き覚えがあるような気がしてならなかった。以前に、この女性と出会ったことがあったのだろうかと、バランは踊り続けながらも思う。そして、踊りで彼女との肉体が密着した時に、この女性の華奢さを知ることができた。不思議なことに、それさえもバランには覚えがあるように思えてならなかったのだ。そういえば、とバランは改めて面前の女性の姿を見直した。この女性の長いブロンドの髪、これはマフィレアと同じ髪だ。そして、華奢な肉体もその背丈も、思えばマフィレアと同じぐらいなのだ。

『まさか……！』

バランの心に衝撃が走った。この女性がマフィレアであるならば、その声にも肌にも覚えがあって当然なのだ。彼女には招待券を渡してあるから、この宮殿に入ることもできる。つまり、今彼女が目の前にいても不思議ではないのだ。そう考えると、バランの心は期待でいっぱいになった。もしかしたら、マフィレアは自分を驚かすためにこうして正体を明かそうとしないのかもしれない。そして、のちに正体をばらして自分を驚かすつもりでいるのかもしれないと思った。そう、きっと彼女は芝居をしているのだ。バランは確信を抱いた。このまま彼女の芝居に乗ってもいいと思えたが、猛烈に感情が高まってしまい、彼女から正体を明かすまで待つことはできない。バランはダンスする動きを止めて、力強く彼女を引き寄せた。そして、抱きしめた。彼女との間に空気さえも遮らないようにと強く抱き締めたのだった。仮面の女性は驚きで体が硬直していた。しかし、ゆっくりとだがバランの背に腕を回してきた。抱き締め合う二人に周囲の者は気づいているのかどうかは知れないが、ダンスはそのまま続けられていた。その中で、二人は熱い抱擁を交わしていたのだった。仮面の女性の肉体からはプンプンとラベンダーの香りが匂ってくる。バランはこの時になって、どうして今までこの香りに気づかなかったのだろうかと自問していた。果てしない喜びがバランを包んでいく。その喜びこそが、バランの傷付いた心を癒していくのだった。……しかし……。急に彼女はバランを押し退けるようにして離れた。バランは唖然となった。仮面のせいで、彼女の表情は読み取れない。彼女はしばらくバランと向かい合っていたが、突如背を向けて走り去っていった。

「マフィレア！」

反射的にバランは彼女の背を追った。しかし、ダンスを楽しんでいる恋人達の中に飛び込んでいき、三人まとまって床に転倒した。キャーという女性の甲高い悲鳴が響き、周囲は騒然となった。倒された若い男が自分の彼女を案ずるより先に、怒りの矛先をバランに向けてきた。だが、バランにはそんな二人のことなど眼中にはなかった。慌てて起き上がり、マフィレアが出ていった扉目がけて走り出した。罵声が背後から怒濤のように響いていたが、バランの耳には届いていなかった。部屋を出て、通路に出る。侍女や従卒など数人の姿が見えたが、走り去って行くマフィレアの背はもう見えなかった。だが、騒然となった中でも、彼女が駆けるその足音はかすかに聞こえていた。バランはその音に耳を澄まし、推測で彼女を追った。そして一つ目の角にさしかかると、横に伸びている通路に目を向ける。左右どちらにも彼女の姿はなかった。もう一度耳を澄ましてみる。しかし、もう彼女の足音は聞こえてこなかった。通路は数多くある、こうなってしまえば彼女がどこに去っていったのか見当もつかなかった。バランは息を乱し、激しく動揺した。

「……一体、どうしてなんだ……!?」

なぜ彼女は逃げる必要があったというのだ。バランは混乱に陥っていた。自分から逃げて行く理由などとても思いつかない。まさか、あの仮面の女性がマフィレアではなく、まったくの別人であったということなのだろうか。それならまだ理解できないことはない。しかしだ。彼女はマフィレア以外の何者でもないはずだ。バランはそう確信を抱いている。少なくとも三カ月の間は彼女と一緒にいたのだ。そして、彼女に思いを寄せているのだ。それなりにマフィレアのことはよく知っているつもりである。あの声、あの肌、あの髪……そして何よりも彼女から漂ってきたラベンダーの香り。マフィレアが普段から愛用している香水だ。花は、特にラベンダーの花はマフィレアの象徴と言っても過言ではないぐらいなのだ。そこまで仮面の女性とマフィレアが共通していて、同一人物でないはずがなかった。バラン自身がそう思うのである。間違いはない。だからこそ、バランには理解できなかった。なぜ彼女が逃げるように去っていったのかを……。バランは大きなショックを受けていた。マフィレアはこの舞踏会に来てくれた。それなのに、また振り出しに戻ってしまったような気がした。

その時、「曲者《くせもの》だー!」という叫び声が聞こえてきた。その声でバランはドキッとなる。そして周囲は騒然となった。どうやら警備兵の声のようだった。バランは辺りを見渡す。そして声がした方角に歩を進めていった。(何があったというんだ……? ……まさか、例の暗殺者が現れたとでもいうのか……?) バランの心に緊張が走る。通路を速足で進んでいくと、だんだん人気《ひとけ》がなくなってきた。その時、バランの前方の通路を一つの影が遮った。一瞬だったために、姿がはっきりとはわからなかった。その影を数人が怒濤のように追いかけていた。バランはそいつこそ曲者であると確信した。そしてそいつは暗殺者かもしれないのだ。バランは去っていったマフィレアのことが気になったが、今曲者が自分の近くにいるのだから放っておくわけにはいかないと思った。バランは曲者が駆けて行った通路を先回りするために、横に延びている通路を走った。ここは王城の外れ……。曲者はこのまま王城から脱出するつもりかもしれない。バランは逃がしてなるものかと全速力で走った。そして、前方に角が見えた。先回りに成功していれば曲者はこの角を通過するはずだ。そして、予想通り怪しい人物がその角を交差している通路から姿を現した。バランは逃走するその人物に背後から飛びついた。

「うわっ！」という叫び声と共にバランと曲者は一緒になって転倒した。バランは素早く起きあがり、曲者の上にのしかかった。曲者は激しく抵抗した。バランを蹴り上げ、再び逃げようとする。だが、そうはさせてなるものかとバランは再び飛びかかり、足にしがみついた。バランスを崩して倒れる曲者。バランは再び曲者の上に乗っかって腕を抑えつけた。そして曲者がつけていた仮面を強引に剝ぎ取る。そして、その仮面の下の素顔を見てバランは驚いて目を丸くした。そいつはよく知っている人物だったからだ。

「ゴムス！」

何と、曲者はゴムスだったのだ……！　彼は今までに見たこともない厳しい表情でバランを睨みつけていた。そして、彼の腕と胸に真っ赤な血が付いているのにバランは遅れて気づいた。バランの顔は蒼白になる。そのバランの下でゴムスはもがく。

「バラン！　放せ！」

ゴムスは必死だった。だがバランは首を横に振った。

「ゴムス！……お前が、お前が暗殺者だったのか……!?」

バランの言葉にゴムスは目を丸くする。

「馬鹿！　何言っているんだ！　俺が暗殺者なわけないだろう！　……とにかく放してくれ！」

ゴムスは必死になって否定する。

「じゃあ、この血は一体何なんだよ!?　誰かを殺めたんじゃないのか!?」

「血!?　馬鹿言うなよ。これはトマトだよ！」

「は？」

バランは再びゴムスの体を見る。よく見たらトマトの皮がたくさんついている。どうやら彼の言っていることは本当のようだった。バランは呆然となる。その隙にゴムスは立ち上がった。

「もう！　捕まったらお前のせいだぞ、バラン！」

そう叫んでゴムスは再び逃げ出した。するとバランの背後から数人が駆けてきた。見ると、その全員が若い女性だった。彼女らはトマトやミカンなどを手に持って振り上げている。そして、

「待てー！　変態ー！」

女性たちはそう叫んでゴムスの後を追っていった。バランは唖然となってその様子を眺めていた。どうやらゴムスはいつものように女性にちょっかいを出して怒りを買ったらしい。それで追いかけら

れていたのだ。彼が暗殺者だと思ったのは、バランの単なる思いこみであったのだ。バランはがっくりと肩を落とした。(まったく人騒がせな奴だ……。おかげで無駄な体力を使ってしまったし、マフィレアを完全に見失ってしまったよ……)バランはすっかり元気を失くしてゆっくりと立ち上がるのだった。

バランは失意のまま、おぼつかない足取りで王城の通路を進んだ。そして中庭に出て、再び王城内の通路に入り込むと、そのまま裏へと抜け、王城の裏庭へと進んで行った。どこにもマフィレアの姿は見当たらない。裏庭は薄暗く、人の気配はない。大きな厩舎や家畜小屋があるばかりだ。華やかな舞踏会が開かれている宮殿の中とは違い、この裏庭の薄暗さは光の当たらぬ物陰といった印象を受ける。同じ王城の中とは思えぬ感じだ。小さな林ぐらいの規模はある裏庭の樹木らは、闇の中でさらに暗黒の輝きを見せている。日中の樹木は日光に照らされて美しく輝いて見えるのだが、夜の樹木はまったく正反対のものに見えた。樹木はまさに光と闇の両面を持つ存在であると言える。樹木の集まりである森に関しても同様のことが言える。日中は緑美しき場所だが、夜は月光さえも及ばぬ獣や魔物が徘徊する魔界と変わるのだ。今バランが目の前にしている裏庭の樹木は、人を悪の道へと引きずり込むかのような恐ろしき闇のように思われる。深く失望していて精神的にも疲れている今のバランには、その闇は普段より増して重く恐ろしく見えていた。見渡す限り警備兵の姿は見当たらない。もしここで何者かに襲撃されるようなことがあれば、……例の暗殺者が現れて襲いかかって来るようなことがあれば、命はないように思えた。目の前の闇は不安を増長させるようだ。精神的な乱れを感じたバランは、ここで引き返そうと思った。この先に進んでもマフィレアがいるとは思えなかったし、第一、城の外壁によって行き止まりになっているはずだからだ。そんな時だった。突如王城の中から悲鳴のようなものが聞こえてきた。そして、怒濤のように叫ぶ兵士たちの声も響いてきた。どうやら、王城の中で何かが起こり、騒然となっているようだった。その声は先ほどのゴムスが起こした騒動とは比べものにならない緊迫した声だった。バランは胸騒ぎがした。すぐに王城の中に戻ってみようと決意する。だが、突然風が吹き荒れ、樹木が大きく揺れた。その近くでバランは人の気配を感じ取った。緊張してそっと背後を振り返って見る。すると、一人の人物がそこに立っていた。バランはドキッとする。さっきまでそこには誰もいなかったはずである。その者は立ったまま、じっとバランを見つめていた。激しい緊張がバランの全身を駆け巡った。その人物の体は華奢であり女性を思わせたが、暗くてはっきりとは見えない。しかし、それが男性であろうと女性であろうと、今自分はとてつもなく危険な状況に立たされていることだけは認識することができた。なぜならば、その人物の手には、刃が剥き出しになっている剣が握られていたからであった。そして、その剣はまるで血を求めているかのように、月光に照らされて不気味な輝きを放っていたのであった。

王城の通路を三人の男が歩み進んでいた。そのうち一人は純白の衣装に身を包んだ若い男。この舞踏会では主役とも呼ばれるほど注目を集め、中心にあった人物だ。現国王の第一王子、ナリティス王国の正当なる皇太子ジョゼフだった。今は仮面を外し、自室へと戻る最中であった。舞踏会はまだ完全に終了していないが、ジョゼフはもう今年の舞踏会は十分に堪能したからという理由で、一足早く休むことにしたのだ。ジョゼフの後に二人の近衛騎士が続いていた。二人ともジョゼフ王子の信頼厚い騎士で、今年の舞踏会では王子の護衛に専念している。だから二人とも舞踏会に参加しておらず、今は分厚い金属鎧に身を包んでいた。今はいつ暗殺者の魔の手が忍び寄ってくるかわからない状況にある。暗殺者による犠牲者は身分の高い者ばかりだ。それもナーガ神と深い関係にある人物がほとんどであるという。つまり龍神の血族である王家が暗殺者の最終標的である可能性は十分にありうるということなのだ。だから今日のように人が多く集まり、王家の者に近寄れる日は警戒を強めねばならなかった。だから宴の席では、この近衛騎士たちはなるべく王子の近くに控え、そして常に視線を張り巡らさねばならなかった。宴の席を早めに退席したのは近衛騎士隊長や宮廷魔術師モドルフの進言もあったからという。実は王子は多少の疲れはあったものの、宴への満足感は十分と呼べるほどではなかった。だからまだ舞踏会で踊り続けていたいというのが本音であるのだ。しかし早めに退席したほうが、危険を避ける一番の良策であることはジョゼフ自身も承知していた。だからしぶしぶ従わなければならなかったのだ。そして、賓客に不安を抱かせないために、「宴を十分に堪能した」という口実で退席したのだった。それは王子だけではない。国王や王妃は既に王子よりも早く退席していたし、王子の妃であるケオファももうじき退席することになっている。しかし、中心的存在である王族がすべて引き返しては、宴自体も主人公のいなくなった劇のようにつまらないものになってしまう。だから今は国王と妃の影武者を舞踏会に残しているのだった。国王と妃が実際に踊りに参加するのは舞踏会の前半のみだった。そして後半からはずっと王座で休んでいた。本物と偽物がすり替えになるのはその後半のこと。国王の影武者は老騎士の一人で、妃の影武者は武術の心得のある女神官である。変装はばれることのないよう完璧になされている。二人とも剣には覚えのある者なので、突然暗殺者が牙を向けて来ても対処できるはずである。暗殺者は本当にいつ襲いかかってくるかわからない。宴の前後、または最中に牙を剝き出すかもしれない。暗殺者というのは死を恐れないように洗脳されていることが多いという。だから、捕われたり殺されるのは承知の上で、標的と刺し違えるつもりで剣を向けて来る可能性は十分に高い。それゆえ王族としては、宴の最中であろうといつも気が抜けない状況にあるのだった。そんな危険な状態であるから、王族が舞踏会に参加するのは狂気の沙汰と言えるかもしれない。それは死地におもむくようなものだ。だが、伝統なるこの舞踏会が決行されると決まった以上は、参加せねばならない義務があるのだ。それに、最終的に舞踏会の決行を決定したのは他ならぬ王族である。だから、不参加というわけにはいかなかったのだ。影武者を使うのは当然暗殺者対策である。けれども宴の最初から影武者を使っていては、ばれる可能性があった。暗殺者のほうも舞踏会が決行されることとなって、暗殺者としては都合の良い状況に多少の疑心は抱いているに違いない。だから舞踏会の前半は、本物を置く必要があった。そして、暗殺者が本物であると確信を抱いた頃に影武者とすり替えるのだ。当然すり替えにも注意が必要だった。暗殺者はずっと国王らの様子を窺っている可能性が十分にあるからだ。そこで、宮廷魔術師モドルフの出番だった。魔法によって王座周辺に幻影を張り、交替する所を見えないようにするのだ。それで完璧だった。暗殺者ごときが魔法を見破る力はないはずだからだ。あとは王族が休む自室に厳重な警備を張り、暗殺者が宴にて牙を剥き出すのを待てばいいだけなのだ。ここまで順調にことは進んでいた。影武者を送り出すまでに事態が起きてしまったらどうしようもなかったが、これでもう安心だと思えた。宮廷が編み出した策が成功を収めたのだ。ジョゼフは物足りなさを感じながらも自室へ引き上げる。しかし、国の将来のためにも、自分の身が無事であることが何よりも大切なことなのだ。それを繰り返し繰り返し思いながら、ジョゼフは気持ちを落ち着かせていた。そんな時、三人が進む後方から誰かが駆け寄ってくる気配がした。三人は緊張して振り向く。すると、一人の騎士が武装した姿で近づいてきていた。その騎士は王子の近くまで来ると速度を落として畏まった。

「申し上げます。ダレス様、近衛騎士隊長アーゼル様がお呼びになられております。どうやら怪しい人物を見かけたということで、至急東塔まで来てほしいとのことで……」

「うん？　アーゼル様が？　……わかった。すぐに行こう」

ダレスはジョゼフに向き直ると一礼をした。そしてその報告に来た騎士に代わりに王子の護衛をさせると、近衛騎士ダレスは通路を急ぎ足で戻っていった。

「……怪しい人物か……。ついに暗殺者めが現れたか……」

もう一人の近衛騎士がそうつぶやいた。

「それにしても東塔とはな……。舞踏会に紛れこまずに、厳重な警備の中を侵入しようとしていたというのか……」

　続いて近衛騎士が言うが、新たに護衛に加わった騎士はわかりかねますと返していた。それに対してジョゼフは、

「まあ、アーゼルが見つけたんだ。暗殺者が捕まるのも時間の問題だろう」

　と言い、自室へ足を進めた。

　そこからジョゼフ王子の自室はすぐだった。二人の護衛騎士を扉の外に立たせて、ジョゼフは部屋へと入った。部屋は暗かった。すぐに燭台のロウソクに火を灯し、ランプをつけた。こういう状況にあるので、ジョゼフは一応部屋の中を見渡した。だが、特に何の異変も見られなかった。そして内側から鍵を閉めて、着飾っていた白い衣装を脱ぎ始めた。扉の外で近衛騎士の一人があくびを堪《こら》えていた。それを見た隣の騎士だったが、相手は自分よりも身分の高い近衛騎士だったので見て見ぬ振りをした。だが、あくびをした近衛騎士は一応弁解する。

「昨晩からずっと警備をしていてな、一睡もしておらんのだ。実を言うと、眠くて仕方がないのだよ。……そういうお前はどうだ？　ずっと警備をしていたのだろう？　眠くはないか？」

「……はあ、緊張しすぎているためか、今のところ眠くはありません」

「そうか……。それではお前が頼りだな……。ハッハッハ……」

　近衛騎士は小さく笑った。

「……しかし、例の暗殺者は一体何が目的なのだ。やはり、王家のお命か……。それとも……」

「……はあ、わたくしめにはわかりかねますが……」

近衛騎士の独り言か、それとも語りかけだったのかわからなかったが、一応騎士は応えておいた。この近衛騎士は暗殺者問題を抱えるのは初めてのことだった。今までは国は平和だったから、暗殺という事件とは縁がなかった。だから近時に多発している暗殺事件に深い興味があった。そして、それは自分の出番の到来でもあると思えた。もしここで暗殺者と出くわして、見事打ち取ったならば英雄となることができるだろう。変哲もない生活が続いていただけに、それはとても刺激あるものだし、大きな夢だと思えた。

「……まあな。暗殺者の考えていることなど理解できん。どうせ、奴らは腐った野菜と同じ価値のものさ。醜い顔をしていることだろうさ」

「……一度、ご覧になりたいですか？」

騎士にそう問われて近衛騎士は笑った。

「まあな。興味は覚えるよな。……それでそいつを打ち取れば、わたしは英雄だな。はっはっは……」

近衛騎士が笑うと、横の騎士も小さく笑った。

「……それでは、見せてあげましょうか？」

「……ん？　なんだと……？」

近衛騎士が真顔に戻り、視線をその騎士に向けた。その瞬間、鋭利な小剣の切っ先が近衛騎士の喉元を貫いていた。鮮血が噴水のごとく飛び散る。近衛騎士は叫ぶことも出来ずに崩れていく。驚愕の表情を浮かべて倒れる近衛騎士の姿を見て、その騎士は今一度にやりとほくそ笑んだ。そして、兜を脱ぐ。そこにはナリティスの騎士にあるはずもない邪悪に満ちた人間の顔があった。

「……さっき眠いと言っていたな……。これで心地よく眠ることができるだろう。……永遠にな……！」

そう言って剣についた血をなめた。そして、ジョゼフ王子の自室の扉に向き直った。もう邪魔をする者はいない。男の表情は勝利の歓喜に満ちていた。

ジョゼフは衣装の上半身を脱ぎ、半裸になっていた。そしてズボンの着替えに移ろうとしていた時、異変に気づいた。耳と感覚を鋭敏に澄まし、注意を扉の外に向ける。その扉の向こう側には二人の騎士が警備のために一晩ずっと立っているはずだが、今は殺気ばかりが感じられた。激しい恐怖のために緊張が走る。着替えを続けている場合ではない。ジョゼフは部屋の奥に置いてある剣を取るために、背後を振り返った。すると、その奥の棚の陰から一人の人物が姿を現したのだった。ジョゼフは立ち尽くすしかなかった。

「お前は誰だ!?」

ジョゼフはその人物を睨みつけた。その人物は顔を仮面で覆っていて、その素顔がわからない。その体は華奢で軽装な革鎧を身に付けていたが、胸元には大きな二つの膨らみがあった。女性である。その女は手に短剣を持っている。女暗殺者であることが一目でわかった。その女は気配を殺してずっと部屋に潜んでいたのだ。

「ジョゼフ王子だな……。そのお命、頂戴する」

その時、ジョゼフの背後の扉が乱暴に開け放たれた。剣を持った男が入ってくる。扉には鍵がかかっていたはずだが、この暗殺者にとって鍵を開けることなど朝飯前だった。その男の足元には見知った顔の近衛騎士の死体が転がっていた。ジョゼフは今どういう立場に置かれているのかがすぐに理解できた。


「……お前達は……、一体何者なんだ？」

ジョゼフは必死に震えを堪えながら問うた。すると男が答える。

「聞かずともわかるだろう。お前達が今一番恐れている、その暗殺者って奴さ」

男が言うと腕を組み、視線を女暗殺者に向けた。女暗殺者は一度うなずき、一歩ジョゼフに近づいた。それに反応してジョゼフは後退するが、背後には男の暗殺者が待ちうけている。もう逃げ場がないということを、はっきりと認識した。ジョゼフは王子だけに、護身術として剣を幼い頃から教わってきた。しかし、実戦などの経験はなかった。腕に自信はあるが、それが目の前にいる殺戮のプロに通用するとはとても思えなかった。絶望という二文字がジョゼフの脳裏を横切る。恐怖のせいで大声を出すことができない。もし仮に上げたとしても、その瞬間に暗殺者の剣が自分を貫いていることだろう。死を恐れない彼らにとっては、警備兵の到来など少しも怖くはないはずなのだ。

「……お前達が、今までの暗殺事件の犯人ということだな……？」

ジョゼフが険しい表情で尋ねると、男の暗殺者は吹き出して笑った。

「それを今知ってどうするというのだ？　……まあ、死ぬ前に知りたいのなら教えてやろう。……その通り、我ら二人が今までの奴らを殺してきた。奴らはナーガという邪教を崇拝する悪しき者達だったからだ。我らの暗黒神様の制裁が下ったのだ……！」

「暗黒神……！　やはり……！」

ジョゼフは驚いて目を見開いた。犠牲者が皆敬虔なナーガの崇拝者であったために、ナーガと相対する暗黒神の仕業ではないかという憶測がなされていたのだ。それがまさに正しかったことがわかった。だが、それを知るにはあまりにも遅すぎたといえよう。

「我ら教団の一部では、ナーガの破滅を計画しているのだ。そのためには、ナーガを国教とした神聖王国が疎ましい存在であるのだ。だがこの王国を滅ぼす武力は暗黒神教団にはない。だから我らは暗殺という手段を用いて王国の内部から混乱を起こして破滅に導くという作戦を取ったのだ。そして、その計画はとうとう成就されることになった。我らの手で、王国の唯一の王子であるお前を殺すことによってな……！」

暗黒神教団の真の標的は自分にあったことをジョゼフは今、初めて知った。その標的の選考は、ナリティス王国を破滅に追いやるのに適当であったといえる。ナリティス王国ではナーガ神のご加護もあって、代々必ず男児が誕生していた。国を担っていく皇太子はしっかりとした教養を身につけ、立派に成長していく。後継者争いなどもなく、国内が安定しているからこそ、千年王国（ミレニアム）と呼ばれる長い歴史を築いていくことが出来たのである。しかし、この世代は男児がたったの一人……

ジョゼフしか誕生していないのだ。万一、ジョゼフ王子の身に、不幸が降りかかってしまったとしたならば、千年もの間悩まされることがなかった後継者問題を抱えてしまうのだ。このような事態が発生してしまったなら、国内がどれほどの混乱状態に陥ってしまうか想像もできない。もし国内が荒れ果ててしまい、内紛などが起きてしまったなら、他国から侵略の標的とされて、その手中に落ちてしまうことも考えられなくもないのだ。ジョゼフは改めて、自分の存在そのものがそれほど重要であることを思い知らされた。この舞踏会の決行を促していたのは主に自分が中心であった。やはり舞踏会の強行は愚かな行為であったと今になって後悔していた。

女暗殺者が短剣を構えた。緊張が走る。ジョゼフは大きく生唾を飲みこんだ。その音が暗殺者の耳にも届いているのだろうか、男は二ヤリと笑った。女のほうは仮面をつけているのでその表情はわからない。

「暗黒神の制裁だ……! さあ、そろそろ死んでもらおう……!」

男が顎で合図をすると、女暗殺者が動いた。短剣の切っ先を向けてジョゼフに突進していく。反射的にジョゼフはそれを身をひるがえしてかわした。女暗殺者は少々よろけたが、すぐに体勢を整えて剣を構え直す。二人の暗殺者が今度は並ぶようにして立ち、不気味に微笑んでジョゼフを見つめていた。

「今度はしくじるなよ……」

「……」

男がそうささやいた。女暗殺者は無言だったが、剣を握る手に力を込めて殺気を高めた。じりじりと女暗殺者はジョゼフとの距離を縮め、二度と外さぬように狙いを定める。ジョゼフは丸腰で武器もないため、後退するしかなかった。そして、背が壁につく。もう逃げ場はなかった。そして、再び女暗殺者が動いた。ジョゼフも死を覚悟して息を飲んだ。剣が空を裂き、ズブッという鈍い音がした。女暗殺者の短剣は、深々と男の胸に突き刺さっていたのだった。……男暗殺者の胸に……。

「な……、何っ……!?」

驚愕の表情を浮かべて男暗殺者は同志の顔を見つめた。だが、仮面はピクリとも表情を変えない。男は自分から急激に生気が失われていくのを感じ取っていた。残った力で、女暗殺者の仮面を剝ぎ取った。その仮面の下には、怒りと、そして哀れみに満ちた顔があった。しかし、その瞳からはしっかりとした彼女の意志が感じられた。これが狂気による行動ではなかったということだ。男は倒れまいとして必死に力を入れた。だが、女暗殺者はさらに剣をその胸に沈めていった。さすがに、男はそれ以上立っていられなくなった。膝をつき、同志の顔を睨みつけた。

「……やは……り……。お前は……、裏切ったか……。私の目は……、狂っていなかった……。……お前の……、妹が……死んだ時に……、お前も……始末して……、おくべきだった……」

男の意識がプツリと切れた。そして、床に突っ伏した。その亡骸から、真っ赤な血液がじわりじわりと床に広がっていく。その一部始終を、ジョゼフは啞然として見ていた。何が起きているのか状況がよく把握できなかった。女が仲間を殺した。これは仲間割れだろうが、どうしてこうなったのか理解できない。そして、これから自分の立場がどう変わっていくのかも……、ジョゼフは想像できなかった。女暗殺者はじっと死体を見つめて大きく肩で息をしていた。剣を持った手もかすかに震えている。

「……そうよ……。人質に取られていた妹が死んだという事実を知った以上、もうあなた達に従う義務はなくなった……」

女暗殺者はゆっくりとジョゼフのほうを向いてきた。その顔はとても美しいものだった。この女性が暗殺者であるなんて、正直言って見えない。暗殺者にしてしまうのはあまりにももったいない美貌を持っていたのである。だが、今は悲しみでその美しさは陰っている。けれども、その双眸の奥には揺るぎない決意があるように感じられた。

「……これからは、私の意志で動くわ……」

そう言って、女暗殺者は剣を構えた。まだ危険な状況に置かれていることをジョゼフは感じて、身構えた。女暗殺者はジョゼフ目がけて突進してくる。だが、その動きは先ほどに比べて鈍重だった。まるで避けてくれといわんばかりの遅さだった。ジョゼフは難なくスラリとかわすと、女の腕を取った。そしてもつれ合いになり、床を転がった。力ではジョゼフに分があったが、態勢が悪かったために女暗殺者が上を取った。仰向けになったジョゼフに女暗殺者は馬乗りになり、短剣をジョゼフの首もとでピタリと止めた。それでもうジョゼフは身動き一つとれなくなった。激しい緊張がジョゼフの全身を駆け巡る。この女の気持ち次第で、いつでも命を奪われてしまうのだ。実際女の表情は険しいものになっていた。だが、気持ちで負けたくなかったジョゼフは必死に睨み返していた。けれども、どういうことか、女暗殺者からはまるで殺気が感じられなかったのだ。

「誓うか？」

突然女はそう言った。

「……何？」

訳がわからず、ジョゼフは怪訝な顔をした。

「……あなたはナリティスの皇太子でしょう。国民の誰もが幸せに暮らせるような、平和な国を築いていくことを誓うかと、聞いているのよ」

「……なぜそんなことを聞く⁉」

「いいから質問に答えて……！」

女は威嚇するように短剣を首元で揺らした。彼女は暗殺者である。しかも暗黒神教団の者である彼女がなぜそんな質問をしてくるのか理解できなかったが、質問には答えようと思った。

「……ああ。当然だ。国王は、国民に幸せを与えるのが使命だと思っている。国を豊かで平和にしていくのが、国王の務めだと思っているのだ」

「その言葉に、偽りはないな……？」

「……誓おう」

ジョゼフは真剣に答えた。女暗殺者もそのジョゼフの瞳を見て真意であることを察したのか、短剣をわずかに引いた。だが次の瞬間、短剣ははジョゼフの腕を裂いた。深くはないが、血が流れ出る。

ジョゼフは苦痛に顔を歪めた。そして、女暗殺者は立ち上がり、数歩退いた。

「……私の仕事は……、これで終わった……」

女暗殺者は小さく微笑んだ。それは濁りのない穏やかな笑みだった。そう、人が充実した時に見せるものだ。

その時、通路から叫び声が聞こえた。警備兵の声だった。その数は複数。近衛騎士の遺体が発見されたに違いなかった。女暗殺者は我に返り、仮面を拾い上げて部屋から駆け出した。その時彼女は駆けつけてきた警備兵と遭遇したが、突き飛ばして通路を駆けて逃げた。

「曲者だ！　追えっ！」

警備兵らの声が怒濤のように響く。そして、彼らは女暗殺者の後を追跡していった。女暗殺者は逃げた。そして心の中で繰り返し繰り返し叫んだ。

『仕事は終わったけれど、私はまだ捕まるわけにはいかないの……！』と。

事は嵐のように去っていった。ジョゼフの元に近衛騎士隊長アーゼルをはじめとする近衛騎士たちが集い、王子の怪我の具合を診る。軽傷であり、命に別状はないが、至急薬師《くすし》を呼ぶように身分の低い者に指示を出している。騎士たちは大丈夫ですか、と繰り返し尋ねているが、王子はうんうんとうなずくばかりだった。ジョゼフは正直のところ納得いかなかった。命が無事で、ほっとしていいものだろうが、ある疑問がわだかまりとなって心の中から消えなかった。なぜ、暗殺者は自分の命を奪わなかったのか。殺そうと思えば殺せたはずだったのだ。第一、それが目的でこの城に侵入してきたはずなのだ。それがなぜ……。そして、疼いている腕の傷に視線を移す。今はまだ止血していない。もし血が止まって傷口がふさがったとしても、この傷痕はずっと残るだろう。あの女暗殺者は平和な国を築いていくことを誓うかと聞いてきた。この傷は、その誓いの証としてつけられたものではないかと思えてくる。暗黒神教団の人間でありながら、国の平和を願っているなど一体どういう事情なのかジョゼフには理解できなかった。ただ、唯一考えられるのは、暗殺行為というのは彼女自身が望んで行っていなかったということだ。仲間の男を殺害した行為からもそれは察することができる。彼女は根っからの悪人ではないのだと、ジョゼフは思った。だからといって今まで行ってきた悪行が許されるわけではないのだ。罪は罰せられなければならない。おそらく極刑は免れない。そして、それは時間の問題だと思われた。厳重警備の中を進入するのさえ難しいものなのに、その中で追われて脱出するのはそれ以上に難しいことなのだから……。複雑な思いを抱きながら、ジョゼフはその時をひたすら待つしかないのだった。

女暗殺者にとって、城の外部への脱出は想像以上に困難なことであった。駆ける通路の先には警備兵や騎士らがうじ虫のごとく涌き出てきて、その都度退路を変えなければならなかった。警備兵らにとっては、曲者を逃がさないようにするのが第一目的だ。生け捕りにするのが好ましいが、それが難しいとなれば容赦なく殺傷の牙を向けてくることだろう。現に、女暗殺者は立ち塞がる兵士らに何度となく切りつけられた。小さな傷が、腕や腹、または背中に無数にできていた。それは致命傷とはならないが、傷は疼き、確実に体力は削られていった。それでも幼い頃からの体力作りと経験が生かされ、女暗殺者はかろうじて城内部を脱出することができた。追っ手を完全に突き放し、庭に出た。そこは薄暗い裏庭だった。厩舎や家畜小屋があり、警備兵の姿は見えなかった。ただ、風に揺れる樹木の下に、一人の男の立っている姿があった。女暗殺者はその男のことをよく知っていた。そして、今その男に会えたからこそ、自分の逃走劇もここまでだと観念した。

突然現れた一人の人物の姿を見て、バランは息を飲み込んだ。月光でその人物が持つ剣ばかりが輝いて目を奪われていたが、その月明かりはその者の顔までも映し出していることにバランは遅れて気づいた。その顔には仮面がついていた。その仮面に見覚えがあった。先ほどバランが一緒に踊った女性のものと同じだった。しかし、今は美しかった紫のドレスは着ていない。物騒な軟革の防具を身につけていた。だが、すぐにその仮面はその者の手によって外された。その仮面の下にはバランがよく知っている顔があった。バランは驚愕と失望のために、しばし呆然としてしまった。

「……マ、マフィレア……？」

バランは信じられないといった顔をしてその女性を見つめた。よく見ても、それは間違いなくマフィレアだった。第一彼女の顔をバランが見間違うはずがなかったのだ。それでも、疑わずにはいられなかった。

「まさか……。……君が……、暗殺者だったというのか……」

マフィレアは答えるのをしばしためらった。手に持った血の付いた短剣を見つめ、そして地面に投げ捨てた。それからマフィレアはゆっくりと首を縦に振った。

「……馬鹿な……！　そんな馬鹿な……！」

信じられなかった。悪しき憎むべき暗殺者が、実は自分が愛する人だったという事実を、バランは受け止められずにいた。その事実を否定するかのように、バランは何度も何度も首を横に振った。マフィレアは数歩バランに近づいた。そして、バランの正面に立つと、じっとバランの顔を見つめた。

「……ごめんなさい……。私は、……ずっとあなたのことを騙していたわ……」

まさにその通りだった。ずっと裏切り続けられていたのだ。だが、今のバランにはその裏切りに対しての憤りなど感じなかった。失望ばかりがバランの心を支配していたからだ。

「どうして、君が……。暗殺なんかを……」

バランはマフィレアの顔をじっと見て尋ねた。マフィレアの顔はデートを重ねていた時とまったく変わっていない。とても美しいものだった。それだけに、まだバランは信じられなかった。

「……私は……。私は……、暗黒神ファフニール教団の暗殺者……。幼い頃から暗殺者として育てられてきたの……」

「……暗黒神教団の、……暗殺者……。まさか、そんな……」

暗黒神の名を聞いて、わずかにバランの心に怒りがわいた。最も憎むべき存在だからだ。

「マフィレア……！　君は、花を愛する、……そして花を売って暮らしていた幸せな家族の中で育っていたんじゃなかったのか……⁉　あれは嘘だったというのか……⁉」

過去に聞いた話と違うことにバランは激高していた。

「……嘘じゃないわ」

マフィレアは頭を振った。

「……でも、それは私が暗殺者になる前の話……。私たちを巻き込んだ戦争が起こる以前のことなのよ……」

「……な、何だって……？」

そして、マフィレアは静かに語り始めた。

「……私は、父と母と妹の四人で十年前までブラバー王国のある村でひっそりと暮らしていたわ。父も母も花が大好きで、それを育てて売って生活をしていたの。家族は皆愛神キクリーの信者で、私も妹も両親の温かい愛の中で育ってきたの。本当に幸せな日々だった。……そのことはこの前の夜、バランに話した通りよ……」

バランは神妙な顔つきでうなずく。その表情を見てからマフィレアは言葉を続けた。

「……そして、民族戦争が起きて、私の両親は殺されて……、私も妹も捕らえられたの……。そして、私たちは人身売買に出されたのよ……」

「……人身売買……」

つまりは奴隷になったということをバランは強く認識した。ブラバー王国で勃発した民族戦争では凄惨を極めたと聞く。攻め滅ぼされた民族の者たちは人間と見られなかったらしい。多くの者が無残に殺害され、生き残った者は奴隷にされたという。奴隷にされた者の人生は苛酷だ。農民の言いなりになってこき使われたり、学者や錬金術師に買われた者は、その人体実験に使われたとも聞く。とにかく、モルモット的な存在でもあったわけだ。

「……私と妹は暗黒神教団に買われて、そして暗殺者として生きることを強いられたのよ……」

マフィレアの瞳が細くなった。つらい過去のことを思い出しているに違いなかった。バランは胸が詰まる思いがした。

「……つらい……日々だった……。まず動物を殺すことから始めさせられるの……。それから瀕死状態にある人間の命を奪ったり……、……あらゆる殺害を無理強いさせられたわ。命を奪うことに何の感情も持たないよう、もしくは楽しいという感情を抱くように洗脳しようとするの……。そうやって暗殺者をつくるのよ……。…私たちは武術の訓練から毒物の知識まで……いろいろと……」

マフィレアは耐え切れなくなったようにうつむいて言葉を切らした。だが、そのつらい思いを必死に耐えようとしていた。しかし、暗殺者となった今のマフィレアが殺戮に対して大きな罪悪感を抱いているということは、完全に洗脳されたわけではないということだ。人の良心、そして理性があるからこそ、つらいと思うわけなのだ。だが、反対に言えばよくそれで今までやってこれたとも思う。良心と理性を失わずに、やりたくもない殺害を繰り返すことなどできるものなのだろうか。狂気がなければ、出来ないことではないかとバランは思った。

「……そうしているうちに、妹が耐えられなくなって病気になったの。私と妹は何度か教団施設から脱出を試みたわ……。だけど、いつも失敗して捕まってしまったの……。それで私を信用できなくなった教団の幹部たちは、妹を人質にとって私を働かせたの……」

「……それではマフィレアは……」

「……そう、私は捨て駒だっていうことはわかっていたわ。……もともと暗殺者なんていうのはそういうものだし、信用できなくなった者にはそれなりに使い道があるのよ」

「……そんな」

マフィレアは自分が捨て駒だとずっと承知した上で生きていたということなのか。バランはひどいショックを受けていた。それではいつ捨てられるのか、常に恐怖を抱いて生活していたはずだ。それがどれほど苦痛であるのか、バランは想像することができた。しかし、想像するだけでも耐えられないと思った。だが、マフィレアはずっとそういう窮地にいながら、生きてきたというのだ。彼女の精神的な強さが知れた。それに比べて自分はなんと小者であろうとバランは思わずにはいられなかった。

「……だから私には常に監視官がついていたわ。仕事に失敗しないよう、そして逃げ出さないようにって。……でも、妹が人質に取られているんだから、逃げ出すわけがないのにね……。彼らのことだから、私が妹を見捨てて逃げるのではないかと疑っていたのね……。信用なんてされていなかったのだから……」

「でも、マフィレアの妹はこの前亡くなったって……、そう言っていたじゃないか……。なら、なぜまだ暗殺に手を染めているんだ？　もう、奴らに従う必要はなくなったんじゃないか。……どうして君は、今ここにこうして…、血のついた剣を持って……、僕の前にいるんだよ……!?」

「……バラン……」

バランは耐えられなくなってうつむいた。真実に対しての悔しさと現実の悲しさとで、バランの瞳が涙で濡れた。

「……ごめんなさい……バラン……。私はずっとあなたのことを騙していた……バラン……」

そう言ってマフィレアはさらにバランに近づき、自分の両手の拳を合わせてバランの前に差し出した。バランは怪訝に思ってマフィレアの顔を見た。

「……どういうつもりだ……？」

「……私を捕まえて、バラン。そうして、国王の前に連れていって……。そうすれば、バラン。……あなたの夢が叶うわ……。ずっと夢見ていた騎士になれるのよ……」

彼女の言葉にバランは唖然とした。

「……ば、馬鹿な……！　そんなこと……、そんなこと出来るわけないじゃないか……！」

バランは大きくかぶりを振った。彼女は自分を、暗殺者である自分を捕まえて国王の前に連れ出し、その褒賞として騎士になれというのだ。そんなこと出来るはずがないと、バランは思った。彼女はバランにとって大切な人。その人を売ってまでして自分の夢を叶えるなんてことをバランはしたくなかった。その時、バランは、はっとなった。まさかと思いつつ、自分の頭の中に浮かんだ疑問をマフィレアに尋ねた。

「……まさか、マフィレア……。ずっと、そのつもりでいたのか……？」

そうバランが問うた時、マフィレアは小さく微笑み、そして一筋の涙をその瞳からこぼした。その涙が意味しているものとは……。それを見て、バランの推測は確信へと変わっていく。

「私は、ずっと暗殺を繰り返してきた最低の人間……。生きている価値さえないのよ……。だから、妹が死んだからといって、元の生活に戻れるはずがなかった……」

マフィレアは流れ出た涙を拭った。

「……だから、君はここに来たというのか……。そして、こんな真似を……」

バランは込み上げてくる悲壮な思いで拳に力を込めた。妹が亡くなって、教団から逃げることも出来たのに、自分に捕らえられるためにここへ来たというのだ。捕らえられるのは犯した罪の償いのため、そして何よりもバランが騎士になるという夢を叶えるために……。自らを犠牲にするつもりなのだ。バランは悲痛な思いがした。マフィレアは一体いつまで自分を犠牲にし続ければいいというのか……。暗黒神教団のために自分を犠牲にし、そして最後はバランのために自分を犠牲にするという。そんなこと、バランは望んではいない。

「……こんなどうしようもない私でも……、最後には役に立てるかな……」

ポツリとこぼしたマフィレアの言葉を聞いて、バランはその言葉を打ち消すかのように首を何度も横に振った。

「……どうして……、どうして君はそうまでして……！」

バランにはわからなかった。彼女がどうしてそこまでしようとするのかが……。バランの必死の問いに、マフィレアは小さく微笑んで返した。

「……好きよ……。バラン。……あなたのことが大好きだから……」

「……！　……マフィレア……！」

バランの心に衝撃が走った。思いもよらなかった彼女からの告白。バランにとってずっと望んでいたことだが、今は動揺しているためか、素直に嬉しいという感情は湧いてこなかった。

「……私、ずっと前からあなたのことが好きだった……。……バランを初めて酒場で見た時、私は正直あなたのことをナリティスの騎士だと思ったの……。だから暗殺の仕事のために、情報を得るためにあなたに近づいていったのよ……。でも、あなたと話しているうちに、仕事のことなんかどうでもいいように思えてきた。……だんだんあなたのことが好きになっていったの……。バランは大きな夢を持っていた。そしてその夢を追い続けていて、とても輝いて見えたから……」

「……マーフィー……」

彼女は暗殺の仕事のために、その国家の情報収集のためにバランに接近したという。それ自体は利用されたのだから憎むべきである。しかし、そういう意図がなければ、あの時マフィレアと出会うこともなかったはずだ。……そう、恋に落ちることもなかったのだ。

「……マフィレア……。……正直僕はまだ信じられないんだ。君が暗殺者だってことを……。……君とずっといて、君がそんなことが出来るような人にはとても見えなかった……。……そうだ……！　あの夜のことはどうなんだ……？　サーディーが死んだ日、僕とマーフィーは一緒だったじゃないか……！暗殺なんて、できるはずがない……」

あの夜のことを思い出したのか、マフィレアの顔がわずかに紅潮して見えた。でも、バランにとっても、マフィレアにとっても、あの夜は決して恥じることではない。幸せなことだったのだ。それが思いを寄せる者同士の自然の姿なのだから……。

「……あの夜、寝台に入る前にあなたに飲ませたお茶があったの覚えてる……？　あれは沈静作用があるだけじゃなく、あの中に私は睡眠の薬も混ぜておいたの……。だから、…あのことのあとにあなたは眠ってしまって、私はこっそり抜け出していったの……。……あの事件も、私のせいよ……」

「……そんな……」

「……でも、あの人を殺めるのは予定にはなかった……。……でも、私は……どうしても許せなかったの……！……だって、あなたを騙し続けて、大切な夢を……奪おうとしたから……！」

「……だから、……だから君はサーディーを殺したというのか……。この、僕のために……」

「……ごめんなさい……」

バランは愕然となった。バランがサーディーから受けた裏切りの傷は深くバランの心に刻まれた。その復讐のために、バランに代わってマフィレアが手をかけてしまったというのだ。実際、彼が死んでもバランの立場には何の変化はなかったが、マフィレアにとっては我慢できないことだったのだろう。正直、バラン自身も心の底からサーディーを呪ったものだ。死んでしまえばいいと思うほど憎んだものだ。その呪いを振りかけたのが、自分の愛する人だったとは想像出来なかった。いや、想像できるはずがなかった。マフィレアは他の誰よりも美しく、そして汚れのない清純な女性だと信じていたから……。

「……そう……、だったのか……。全て、本当に、君が……。……じゃあ、今夜は……？　……今夜は国王を殺しにきたということなのか……？」

バランの語気が少々荒くなっていた。それは怒りのためであり、深い悲しみと、そして失望のせいでもあった。マフィレアはまたうつむき気味になる。

「……暗黒神教団の最終の標的は、皇太子であるジョゼフ王子……。ジョゼフ王子の殺害によって、国は混乱に陥り、やがては滅亡へとつながる。……そう教団はにらんでいたの。……だから私は、その刺客として、今夜ここへ来たのよ……。……だけど……」

「……だけど……？」

「……王子を殺すことなんて、私に出来るはずがない……。だって、あなたが守ろうとしている人なのよ。その人の命を、私が奪うわけにはいかない……！」

「……マフィレア……」

バランは首を振った。しかし、いくら取り消そうと試みても消えることのないのが真実というものだ。真実を否定するというのは、彼女が清純の身であるという妄想を抱くということなのだ。彼女は邪悪な暗殺者……。その事実はもう自分の中に受け入れなければならない。だが、それでも彼女に対する愛情は消えていかない。邪悪を何よりも嫌うバランにとって、それは考えられないことだった。しかも、その愛情は前よりも増しているように思えてならなかった。それは、何の飾りもないマフィレアの本当の姿を見ることができたからだろうか。バランがずっと知りたいと願っていた、彼女の全てを知ったからだろうか。それはまだ、はっきりとはわからない。だが、バランの心にあるそれは否定しようのない確かな愛情であるということだけは、わかっていた。

（……でも、……それでも、僕は……。……まだマフィレアのことが好きだなんて……）

涙を浮かべながらもバランは悔しそうに言った。

「……僕もマフィレアのことが好きだ……！　ずっと、ずっと前から……。そう、マフィレアと出会ったあの日から、僕はマフィレアのことが好きだったんだ……」

「……バラン……。……バラン、ありがとう……」

マフィレアは一歩前に出た。そして、そのマフィレアを受け止めるようにバランは強く彼女の体を抱いた。温かくて、柔らかい感触……。そして、心の落ち着くようなラベンダーの香り……。暗殺者であるという彼女の正体などもうどうでもいいと思った。これが、この思いこそがマフィレアに対する自分の真の気持ちだとバランは強く意識した。もう、自分の感情に素直になろう。そう、バランは思ったのだ。だが、今それを決意しても手遅れであるのだ。マフィレアは追われる身。もうこの城か

ら抜け出すことさえできないだろう。捕らえられれば、当然極刑は免れない。バランは、彼女を永遠に失うことになる。

「……マーフィー……。僕は嫌だ……。……マーフィーのことを、愛してる……」

「……バラン」

マフィレアを抱くバランの腕に力がこもった。それに応えるかのように、マフィレアもバランの背にしっかりと手を回していた。

「……あの時、……自分の妹が亡くなったと言った時、どうして僕にすべてを打ち明けてくれなかったんだ……。どうしてあの時に、僕のところに来てくれなかったんだ……。あの時ならまだ、教団からも、そして法の手からも逃れることが……！」

妹が亡くなって教団から逃れることもできたはずだ。そして、法の手からも……。なぜ今じゃなく、あの時に言ってくれなかったのかとバランは彼女を責めた。そうすれば、二人はずっと一緒にいることが出来たはずなのだ。彼女がなぜそれを出来なかったのか……。でもそれは暗黒の呪縛のせいではないかとバランは思った。長年縛られてきたその闇の手から、マフィレアの心は逃れることができなかったのではないかとバランを感じたのだ。

「……もしあの時、私がバランのところに行っていたら……、バランは私と一緒に逃げてくれた……？」

「……ああ！　もちろんだとも……！　当然じゃないか……！　一緒に王都を出て、二人で異国の地へと行くことができた……！」

「……ありがとう……。バラン。……それが聞けてすごくうれしいよ……。でもね、私はバランの気持ち、なんとなくだけど気づいてた……。図々しいかもしれないけど、バランが私のことを思ってくれているってこと、知ってた……。だから私が真実を話したら、バランは優しいから私と一緒に逃げてくれるって言ってくれると思った……。……でも、それじゃ駄目なのよ」

「……なぜ……!?」

「……だって、私は罪を犯した暗殺者……。いずれ捕まって死ぬ運命にあるの……。私には未来なんてないけど……。でも……、あなたには、……未来があるから……!」

そういってマフィレアはバランと唇を重ねた。とても温かい感触……。この温かさこそが愛なのだと二人は実感していた。自然とマフィレアの瞳から涙がこぼれる。幸せの涙だった。バランは彼女の思いを知っていたたまれない気持ちになっていた。あの時マフィレアがバランに真実を打ち明けていたら自分は確かに彼女と一緒に逃げようと思っただろう。騎士になる夢さえ捨てて、マフィレアと一緒に人生を歩むことを決意していたに違いなかった。それを察していたからこそ、マフィレアはバランに打ち明けなかったというのだ。バランの夢を、明るい未来を奪ってしまうことになるから……。バランは彼女が愛しくなり、強くマフィレアの体を抱きしめた。もう、その身が離れることのないように……。

だが、その時だった。空を裂く音が響き、肉をえぐる鈍い音がした。そして、マフィレアは苦痛に呻き、表情を歪めた。

「マフィレア！」

見ると、マフィレアの肩に一本の矢が刺さっていた。バランははっとなって周囲を見渡す。一瞬衛兵らの仕業かと思ったが、樹木の陰で揺れ動く一つの影があるのをバランは見逃さなかった。矢は、その者が放ったのに違いなかった。先ほどから不気味だと感じていたあの樹木の闇にやはり何者かが潜んでいたのだった。

「誰だ!?」

バランがそう叫ぶと、影は走り去っていった。バランは慌てて追おうとするが、マフィレアに制止された。そして、マフィレアは急に力を失ったように崩れた。バランはその体を支えるようにして抱きかかえた。

「マフィレア！……しっかりするんだ……！」

バランが叫ぶと、マフィレアはゆっくりと首を振った。

「……あれは教団の刺客よ……。きっと、私と、もう一人いた仲間の監視をしていたのよ……」

「教団の刺客……」

やはり、マフィレアはこの仕事を最後に始末されることになっていたのだ。その結果が成功であれ、失敗であれ……。所詮、捨て駒ということなのだ。腸が煮えくり返るような思いをバランは感じた。

マフィレアの肩に刺さった矢を抜き、止血のために布を取り出してその傷に当てた。

「マフィレア、しっかりするんだ。大丈夫、傷は浅い……」

しかし、マフィレアは首を横に振るばかりだった。

「……いいえ、駄目よ……。暗殺者の放った矢には猛毒が塗られているの……。かすっただけでも、死に至るほどの毒が……。……私は、もう助からないわ……」

「……ば、馬鹿な……！」

マフィレアの顔色が急激に青ざめていった。息は荒くなり、汗は滲み、とてもつらそうに見えた。

そんな彼女に励ましの言葉を投げかけるが、それでは毒の進行を食い止めることにはならない。バランにはその毒を消すことはできないのである。ここには医者も回復魔法を使える司祭もいない。いや、仮にいたとしても、彼らが暗殺者に救いの手を差しのべてくれるだろうか。見殺しにされるに決まっている。愛する人が苦しむ姿を前にして、限りなく無力な自分をバランは心の奥から呪った。

「……マフィレア……！」

苦痛に耐えながらも、マフィレアは微笑を浮かべた。そして、バランの肩越しに背中へ手を回す。その手には力がない。相当に体力が奪われていることをバランは察することが出来た。バランは今一度力強くマフィレアを抱きしめた。マフィレアの分までも……。

「マフィレア……！」

マフィレアは自分の首にかけていたミスリルのハート型ロケットを外し、そしてそれをバランの首にかけた。そのロケットからも彼女が愛しているラベンダーの香りが漂ってきた……。

「……これは、私の大切なお守りよ……。……バラン、これからはあなたに持っていてほしいの……」

このロケットは彼女の大切な思い出の品なのだ。……バランはいたたまれなくなり、しっかりと彼女の手を握った。マフィレアの手はとても温かかった。それが数刻後には冷たくなってしまうなど、バランには信じられなかった。深い悲しみが涙の形になってこぼれ出す。その半透明な滴はマフィレアの頬に落ちた。淡い桃色の頬は愛する者の涙で濡れた。マフィレアはバランの瞳を、細い指でそっと拭った。

「……泣かないで……。男でしょう……」

マフィレアは意地悪っぽく微笑んだ。しかし、その顔にはもう生気はなかった。泣くなと言われても涙が出てしまうのは愛情のせいだろう。愛する人を失う時、涙を流さないはずがあろうか。この涙を、バランは決して恥だとは思わなかった。

「……私、あなたが立派な騎士になった姿を……、一目見たかった……な……」

そう言った時、マフィレアの意識がふっと途絶えそうになった。それを阻むようにバランが大きく体を揺さぶった。

「……駄目だ……！　マーフィー……！」

マフィレアは自分を愛称で呼んでくれる男の顔を見た。そして、優しく微笑む。彼女は決して笑顔を絶やそうとしなかった。苦痛で笑顔を維持することなどつらいはずであろうに……。そして、力の失われた手で、バランの手を握り返してくる。

「……バラン……。最後に、……お願いがあるの……」

「……何だい……?」

「……最後に、一緒に唱えて……ほしいの……。いつかの……、魔法の言葉を……」

魔法の言葉……。愛の魔法の言葉のことをマフィレアは言っているのだ。愛する男女が心を合わせて一緒に唱えれば二人は幸せに満ちた永遠の愛を得られるという。愛神の信者いわく、それは愛神キクリーの奇跡であるというのだ。しかしその二人の間にあるものが真の愛でなければ、永遠の愛の加護は受けられないという。信者でなくともその言葉は魔法として、もしくは一種のまじないとして、人々の中に知れわたっている。その言葉の合唱を先日教会でマフィレアに誘われたのだが、バランは心が動揺していたためにそれを拒んだ。……しかし、今は違う。むしろ、バランのほうからそれを望みたいぐらいだった。

「……わかった……」

バランとマフィレアは瞳を閉じて手のひらを合わせる。そして、口の動きも合わせて言葉を唱え始めた。

「……メル……、アンドレ……、フィル……」

二人の手が、ほのかに輝き始めた。その手は太陽の陽差しを浴びている時のように温かく感じた。それは体温のためではない。魔法の光のせいだった。

「……グラーチェ……、ド……、メルフィン……」

二人の言葉はゆっくりとだが、力強く確実に発せられた。……そして、小さな光は徐々に大きくなり、やがて二人の全身を包んでいた。

「……アトナーレ……！」

二人は念じた。自分の抱いている愛情が偉大であることを……。二人は祈った。愛の女神キクリーに、二人の愛の加護を……。そして二人は確信した。……これが永遠なる真の愛情であることを……。まばゆい白光が二人を優しく包んでいった。夜の闇は二人の周囲から完全に消え失せていた。白い光は海のように壮大で、森林のように静寂であり、太陽の輝きのように温かく、母の胎内のように優しく、そして父のように力強かった。その全ての感覚が愛の姿であり、この輝きの正体であった。二人の愛は愛の言葉を通じて愛神に届き、その慈愛に満ちた愛の輝きが愛の器となる二人の体に降りかかったのだ。バランはそっと瞳を開けてみた。そこには闇はなく、光の世界があった。その中で、愛に満ち溢れた美しい女性が優しい笑みを浮かべて、バランの目の前で天に昇っていった。そして小鳥のさえずりのような声が、バランの心に響いた。

『……たとえ花は枯れてその姿が失われても、その美しさは人の記憶に残り、香りはいつまでもその場に残ります。……それを愛した人ならば、いつまでも心の中で香り続けていくことでしょう……。永久に……。永久に……』

慈愛に満ちた美しい女性が天に昇り、それに誘われるようにしてマフィレアがついていく。マフィレアはバランに向かって優しく微笑んだ。宇宙ほどの慈愛と星の数ほどの幸せに満ちたマフィレアの微笑みだった。

（……天使か……、いや、あれは……）

慈愛に満ちた美しき女性とマフィレアは一つの光となった。その光を無数の花が乱舞して天へと誘っていく……。天使のような優しい風が周囲を取り巻いていった。

（……彼女こそが、愛神だったのか……）

光は徐々に薄れ、やがて消えていった。そして、元の夜の世界が現れた。気づけば、衛兵達の騒ぐ声がすぐ近くに迫ってきていた。

……すべてが終わったのだ……。

バランの腕の中にはマフィレアがいた。穏やかな表情をして、深い眠りについている。その瞳が開かれることはもう二度とない。その彼女の胸元には一輪の花があった。甘い紫色をしたラベンダーの花だった。花は枯れていたが、その香りは強く残っていた。バランは今一度、マフィレアの体を抱きしめた。そして一滴の涙がポツリとこぼれ落ちた。マフィレアは天に昇っていった。だが、深い愛情と幸せに満ちた思い出を残していったのだ。……そう、散ってしまった花が、香りを残していくのと同じように……。

「……さようなら……。マーフィー……」

人の想いが愛を生み出す……。形は様々であれ、その愛の彼方には必ず……。

……僕はそう信じている……。

Ever Lasting Love……。

（決して変わることのない永遠の愛）

エピローグ

それは生暖かい風だった。緑一色に染まった大地を愛撫するように流れていく。その風の行く先には一つの丘陵があった。丘陵には多種多様の花が庭園のごとく咲き乱れている。紅《くれない》、瑠璃《るり》、翠《みどり》、蒼《あお》、菫《すみれ》、と、華やかな色彩でこの一帯は染められていた。春の風はこの花々の香りを乗せ、丘陵を下り、そして人里まで運んでいく。春の訪れ……。生命の息吹を感じる季節の始まりだった。

あれからはや一年……。今年も変わらない春がやってきた。しかし、一人の青年にとっては、大きな意味のある春だった。

花の咲き乱れる丘陵には大きな一本の木があった。その木陰には花に囲まれた一つの大きな石があった。その石の表面には、深くしっかりとした文字が刻まれている。

『マフィレア・トールフィン』……この石の下に眠っている女性の名前だった。そしてこの墓石がある丘陵は『アニマの丘』と呼ばれ、この女性が生前愛していた場所なのだ。

その墓石は今、もう一つの影をかぶっていた。大地に眠るこの女性が生前最も愛した人物……。その人物もまた、彼女のことを誰よりも愛していた。その男は今、厚い甲冑に身を包んでいる。その鎧は炎のような真っ赤な色で染められていた。この広大な大地に住む人々ならば誰もが知っている、神聖王国の聖騎士の証である鎧だった。

バラン・ラルティーグは今、その鎧を身に纏っている。幼い頃から夢見ていた騎士に、つい先日叙任されたのだ。しかしこの姿は、この墓石で眠る女性の存在がなければ、永遠にありえなかったものだった。

マフィレアが永逝した直後、バランは暗殺者を捕まえて事件を解決した英雄として騎士への叙任がなされた。しかし、バランはそれを受け入れなかった。最愛の彼女の死によって騎士に任命されるなど、バランには耐えられなかったからだ。しかし、バランは大きな決意をする。国の軍力を借りて、バランは暗黒神教団の壊滅を試みたのだ。それは、正義のためであり、国家のためであり、何よりもバラン自身の復讐であった。マフィレアの人生を奪った教団を壊滅しなければ、マフィレアは救われないと思っていた。その教団との戦いは熾烈を極めた。多くの犠牲が出てしまったが、見事壊滅することに成功したのだった。また、バランは騎士学院の学院長の悪事も公表した。無論学院長は捕らえられて、牢獄行きとなった。それでナリティスに根づいていた悪の組織との戦いの中心にいたバランは、今度こそ騎士の叙任を受けることを承諾したのだった。すべてのわだかまりが消え去った今ならば、騎士になってもいいと思えたのだ。第一、騎士になるのはバラン自身の夢であったし、天に昇っていった彼女が心から望んでくれていたものなのだ。

(……マフィレアは、今の僕の姿を見てくれているだろうか……)

可能ならば、彼女が生きている間に見せたかった。だが、姿はこの世になくとも、魂はバランと共にあると信じている。彼女はきっと今の自分を天国で祝福してくれていることだろう。

愛の言葉は、二人を永遠の愛情で結んだ。住む世界は異なってしまったが、その心は今も、そしてこれからも永遠に一つであり続けるはずだ。彼女と出会ったことで、バランは真の愛を知った。そして、マフィレアも幼い頃に失った愛情をバランと出会ったことで見つけることができた。

人の想いは愛を生み出し、その愛の彼方には……幸せがある。……バランはそう信じたいと思った。


バランは騎士の紋章を墓石の前に手向けた。そして彼女が愛したラベンダーの花をその上に添えた。騎士の紋章は騎士であることの証。しかし、それはもうバランには必要なかった。彼女が残してくれたミスリルのロケットが、マフィレアが生きていた証であり、愛の証であり、そして騎士の証でもあったからだ。証など二つも要らない。一つは、自分をずっと支えてくれていた彼女が持つべきだと、そう思った。紋章の上のラベンダーは、マフィレア自身のようだ。美しくあり、気高い。そして、いつまでも香っている。バランは決して忘れない。このラベンダーの香りを……。彼女が残していった生気の香りを……。ずっと心の中に思い出としてしまっておくつもりだ。

バランは周囲を見渡した。今年も美しい花が咲いている。花の中にこそ、マフィレアはふさわしかった。マフィレアは一輪の花のような人だったから……。一年前に天に昇っていった時も、花に誘われていった。今もあの時と同じ光景が、バランの瞳には映っていた。

突然、温かい風が流れた。色とりどりの花が風に舞う。甘いラベンダーの香りが運ばれて、バランはその風に包まれた。……振り返って見る。どこからか懐かしい声が響いてきた。そしてバランは小さく微笑んだ。……声は一つの言葉をつくった。バランもその言葉を口ずさんでいた。その言葉は……。

……メル・アンドレ・フィル・グラーチェ・

……ド・メルフィン・アトナーレ……。

……それは愛の言葉。

二人を愛で結ぶ、魔法の言葉である……。

Fin

あとがき

いかがだったでしょうか？　ごらんの通りこの作品は幻想世界を舞台にしたファンタジー小説です。

……ずばり、はっきり申し上げて、僕は大のファンタジーファンです。幼い頃から幻想世界に憧れていて、勝手に架空の人物をつくり上げては、架空の世界でそのキャラクター達を冒険させていくのが大好きでした。当初は空想するだけだったのですがそれでは物足りず、物語を本格的に書き始めました。それは高校二年生の時です。自分の考えたストーリーを実際に文字にしていくことはそれ自体で楽しいものでしたが、それを他者に読んでもらうのはそれ以上の喜びでした。そして人間の欲とは果てしないものなのでしょうか、自分の作った物語をさらに多くの人達に読んでもらいたいと思うようになったのです。だから今回こうして本となって、皆様に読んでいただけるようになったことはこのうえない喜びであり、最高に幸せであると感じております。

さて、この小説『魔法の言葉』は、僕が高校生の頃から今も書き続けているファンタジー小説『神龍伝』の中に登場するバランの若き日を描いた作品です。『神龍伝』は、クーデターで祖国を失った幼い王子が九年の年月を経て立派に成長し、数少ない仲間と共に祖国奪回のために邪悪なる帝国の王となった魔の賢者に挑んでいく冒険の物語です。

『魔法の言葉』の主人公であるバラン・ラルティーグは、『神龍伝』の中では五十歳という年齢で、クーデターで滅んだナリティス王国の近衛騎士隊長であり、亡国の王子の守り役として活躍する英雄です。僕はこのバランに特別な思い入れがあり、別の活躍場を設けたいという思いからこの『魔法の言葉』が出来上がったのです。

今回刊行することになったこの『魔法の言葉』のテーマは〝愛〟と〝生命〟です。主人公のバランは聖騎士を目指す騎士見習いであり、国家や君主に忠誠を誓いそれを護衛する立場にあります。いっぽうのマフィレアは暗殺者であり、騎士や騎士見習い達が仕える君主の〝生命〟を奪う立場にあります。そのような正反対の立場にある二人が恋に落ちてしまうのだから、〝愛〟とはわからないものですね。そんな〝愛〟をテーマにした物語であるので複雑であり、仕上げるにあたってはやはり苦労もありました。マフィレアは平和で幸せだった生活が突如民族戦争によって破壊され、人身売買によって邪悪なる教団に買われて暗殺者にされるという、まさに苛酷な運命を背負った女性です。そんな彼女がある日バランと出会った。当初、仕事のために利用するつもりでバランに近づいていったマフィレアでしたが、徐々にバランの人柄に惹かれて恋に落ちていきます。バランは夢を追い続ける熱き魂を持った青年でした。夢とは明るい未来にこそあるもの。それを追い続けるバランの姿は、暗く未来を閉ざされたマフィレアにはとても眩しく映ったことでしょう。そんなマフィレアがバランの魂に惹かれて、そして恋に落ちていくことは当然の成り行きだったのかもしれません。いっぽうバランの心にも、彼が追い続けている夢ばかりでなく、マフィレアの存在も大きくなっていきます。彼は不器用で、それらをなかなかうまく両立させていけません。でも、マフィレアには真剣な思いを寄せていきます。

しかし、マフィレアのほうも幼い頃に失った〝愛情〟を求めていながらも、妹を人質に取られた暗殺者という立場がそれを許してくれませんでした。だから無理をしてバランと距離をあけていきます。けれども、後に妹が病気で亡くなったことを知り、事実上教団からの束縛がなくなった彼女でしたが、今まで自分が犯した罪の大きさを意識し、そしてもう戻ることができないことを悟ったので、その身を愛するバランのために捧げることを決意したのです。ある意味、彼女は〝暗黒〟の束縛からは逃れられなかったのでしょう。そんな非情なまでに過酷な生活を送ることを強いられてきたマフィレアですが、美しくて生気みなぎる花を愛し続けたことや、愛神の教義を信じ続けたことこそが、彼女を完全に「邪悪なる心を持つ暗殺者」に変えなかった大きな要因であったといえます。

この物語では花を人の生に比喩しています。花は人の生命に、そして花の香りは人でいう個性や思い出、などにです。花は実を結び花を咲かせて散っていきます。しかし、種をこぼしてまた生まれ変わります。人間も子孫を残して生存を続けていますね。また、死んだら「生まれ変わる」とも言われています。それを輪廻転生といいますね。暗闇の中でも、純粋に花を愛し、純粋に愛を求め、散っていったマフィレア……。彼女は最後、愛の言葉によって永遠の愛の加護を受け、愛神によって魂を救われました。マフィレアは最後の最後で、ずっと求めていた「愛」に包まれたのです。そして昇天していく彼女の姿は、バランの瞳には愛神自身であるかのようにこの世のものとは思えないほど美しく、そしてはかなく見えたことでしょう。

……さて『魔法の言葉』ですが、本文でも説明した通り、これを唱えた愛し合う二人に〝永遠〟という約束……、つまり愛神から永遠の加護を受けることができるという言葉です。二人の思いが本ものもので強いものであるならば愛神は願いを聞き入れて加護を与えてくれるのです。しかし、〝永遠〟という言葉は諸行無常という言葉があるように、すべてのものが変化して生滅してとどまらないこの世の中では、根拠のない不確かなものです。「愛」に関しても、目に見えない形にないものであるから、確かなものであるとは言い切れません。実際に愛を信じない方もいらっしゃるでしょう。しかし、「永遠」にしても「愛」にしても、形にない不確かな存在であるが、それを信じて求め続けることでこそドラマは生まれるのではないかと思います。

僕は「永遠の愛」の存在を信じています。なぜなら、「愛」にも男女愛、親子愛、兄弟愛、友達を思う気持や動物を愛する心など様々ありますが、どれも形がなくて目に見えないけれども、「愛」とはこの世で最も強くて大切なものではないか、と僕は思うからです。そして本文にもありましたように、愛を信じ続けるその果てには〝幸せ〟が待っているのだということを、主人公のバランと共にこれからも信じ続けていきたいと思います。

お読みいただきありがとうございました。

二〇〇二年八月

山中　規至

著者プロフィール

山中 規至（やまなか のりゆき）

1977年5月14日生。O型。
山梨県出身。
山梨学院大学付属高等学校卒業。
趣味は小説を書くこととサッカー。
カバー・本文のイラストも著者によるもの。

魔法の言葉

2002年11月15日　初版第1刷発行

著　者　山中 規至
発行者　瓜谷 綱延
発行所　株式会社文芸社
〒160-0022 東京都新宿区新宿1－10－1
電話 03-5369-3060（編集）
03-5369-2299（販売）
振替 00190-8-728265

印刷所　株式会社ユニックス

ISBN4-8355-4714-4 C0093